Dans la même collection, l'inspectrice Lucy Fourstripes vous invite à vivre :

Des ombres au paradis - 2021

Image de couverture réalisée par Jasheel Ramphul.

Les éditions HoH présentent :

Des ombres au paradis

Du même auteur, dans la collection
« Les enquêtes de l'inspecteur Sweeney » :
Meurtre au dix-huitième trou - 2005
Peur sur le volcan - 2005
Caviar et nuits blanches - 2006
L'étrange sourire de Pamela Dove - 2006
L'œil du totem - 2008
Mort au grand largue - 2009
Les démons de l'île de Skye - 2010
Le serment des Highlands - 2011
Crime à l'heure du Tay - 2012
Un poison irlandais - 2014
Mortelles Hébrides - 2015
Le pendu de St Andrews - 2016
Mystère Édimbourg et Docteur Stevenson - 2017
(Tomes A et B)
Orcades en eaux troubles - 2018
Dans les flammes de Gretna Green - 2019
Archie et le passager perdu - 2020
Le secret des brumes - 2021
Des ombres au paradis - 2021
En anglais :
Murder on the Green - 2011
En allemand :
Mord am 18. Loch - 2018
Der Fluch der Highlands - 2019
Das seltsame Lächeln der Pamela Dove - 2019

Collection « Destins d'exception » :
Les roses de Sarajevo - 2015
Blue Baby - 2020

John-Erich Nielsen

Des ombres au paradis

Éditions HoH
B.P. 132 – 56343 CARNAC Cedex
France
www.hoh-editions.com

SOMMAIRE

Rencontre

Samedi, milieu de matinée – Pied du Morne Brabant

– Qui êtes-vous ?

Lorsque la jeune femme se retourna, l'homme qui l'interpellait demeura bouche bée.

Sa chevelure blonde frisée, ainsi que sa silhouette élancée, laissaient plutôt présager qu'il s'agissait d'une Européenne. Or il n'en était rien. Étonnamment, les traits de son visage, forts et marqués, avec un nez large, des joues rondes et des lèvres pulpeuses, étaient bien ceux d'une authentique Africaine. Même sa peau très claire picotée de taches de rousseur, d'où jaillissaient deux yeux bleu lagon, ne contredisaient pas cette impression. *Comme elle est belle. Un miracle du métissage*, pensa l'homme, médusé. La poitrine généreuse retenue par un tee-shirt jaune et un blouson de cuir bordeaux, l'inconnue portait un simple jeans, ainsi que des chaussures ouvertes aux talons hauts qui laissaient dépasser ses orteils. Enfin, la surprenante jeune femme tenait à la main une ombrelle multicolore, dont les quatre bandes horizontales dessinaient le drapeau de son pays.

– Inspecteur Lucy Fourstripes de la CID [(1)], se présenta-t-elle d'une voix grave. Je suis en charge de l'enquête... Les agents m'ont dit que c'était vous qui aviez découvert le cadavre dans les buissons. C'est bien ça ?

En attendant qu'il réponde, l'enquêtrice observa l'homme d'environ quarante ans qui lui faisait face. De taille moyenne, les cheveux roux, la barbe hirsute et la mine peu expressive, le touriste britannique portait une veste jaune fluo, une gourde à la ceinture, un pantalon de marche de couleur noire, ainsi que de robustes chaussures de randonnée. Enfin, le promeneur arborait un surprenant club de golf calé dans le creux de son épaule. *Drôle de canne pour se balader*, songea la policière, amusée.

L'étranger lui expliqua :

– La voiture de l'hôtel m'a déposé tôt ce matin. Je ne suis arrivé qu'hier soir à Maurice, mais je voulais profiter du beau temps pour gravir le rocher du Morne, puis découvrir la vue sur l'océan et l'île aux Bénitiers. Il paraît que c'est l'une des plus belles baies du monde.

– En effet, c'est ce qu'il se dit, confirma l'inspectrice... Étant donné votre équipement, j'ai

---

(1) Central Investigation Division

l'impression que vous êtes un randonneur plutôt expérimenté, non ?

– Oui. Dans mon pays, les Highlands sont un terrain de jeu idéal.

– Vous êtes Écossais ?

– Personne n'est parfait ! plaisanta le touriste.

Puis il poursuivit son récit :

– Je m'étais élancé depuis moins de quinze minutes lorsque les nuages et la pluie ont fait leur apparition. Alors, plutôt que de m'obstiner et de prendre des risques inutiles – le rocher culmine tout de même à 556 mètres – j'ai préféré faire demi-tour, puis je suis descendu pour contourner la montagne côté mer. Tandis que je progressais au milieu des broussailles à la recherche d'une piste, une odeur nauséabonde m'a sauté à la gorge. Intrigué, j'ai fait le détour, et c'est là que je l'ai découvert.

Par réflexe, le touriste et la jeune femme se retournèrent vers le corps dégradé qui gisait à une vingtaine de mètres d'eux. La victime, un individu d'apparence jeune, ne devait pas avoir séjourné plus d'un ou deux jours au milieu de cette nature hostile. Tout autour du cadavre, trois experts de la police scientifique, ignorant la chaleur, s'affairaient dans une langue chantante que le Britannique ne comprenait pas.

Ce dernier reprit :

– Dès que je l'ai aperçu, j'ai pensé qu'il avait fait une chute et j'ai composé le numéro des secours. Puis on m'a passé le poste de police de

La Gaulette. Quinze minutes plus tard, la patrouille s'est présentée sur le chemin de bord de mer où je l'attendais. Grâce à la croix blanche dressée au milieu du lagon, j'ai pu facilement prendre des repères pour retrouver l'endroit… Mais franchement, c'est un hasard incroyable si je suis tombé sur ce cadavre, conclut-il.

– Un hasard vraiment étonnant, releva Miss Fourstripes. Lors de vos promenades, est-ce que vous faites souvent ce genre de rencontre ?

Sans hésiter, le randonneur lui révéla :

– Au risque de vous surprendre, c'est déjà la seconde fois... La première, c'était à Barra, une petite île des Hébrides, chez moi, en Écosse. (1)

L'enquêtrice commença par sourire, avant de lui avouer :

– Non, vous ne me surprenez pas. Je sais que vous êtes un habitué de ce type de situation. Les agents m'ont fait part de votre « particularité ». Je veux dire, au-delà de votre club de golf.

Plutôt que de lui retourner son sourire, le barbu s'assombrit. Tout à coup taciturne, il baissa les yeux, puis il rentra les épaules. Le témoin paraissait accablé par un sentiment d'une lourdeur effroyable. *Quelque chose de grave le préoccupe*, devina Lucy.

L'homme finit par déclarer :

– Je vois ce que vous voulez dire… Oui, je travaille moi aussi pour un CID, mais il s'agit du *Criminal Investigation Department* d'Édimbourg.

---

(1) Lire *Mortelles Hébrides*.

Dans la police écossaise, j'ai le grade d'inspecteur-chef. Je m'appelle Archibald Sweeney.

– Je vous connais, répondit la jeune femme.

– Ah ?

– De réputation, précisa-t-elle. Je me souviens que plusieurs de vos affaires ont été médiatisées. J'ai fait mes études, puis ma formation de spécialité, en Grande-Bretagne. En Angleterre exactement… Je possède la double nationalité, mauricienne et britannique.

– D'où votre splendide accent londonien.

– Le vôtre n'est pas mal non plus, taquina-t-elle l'Écossais.

Intrigué, Sweeney prit le temps de jauger sa jeune collègue. Puis il lui demanda :

– Alors, suicide ?

L'inspectrice afficha un air amusé. Décelant le piège grossier dans la question, elle songea : *Est-ce qu'il me prend pour une novice ?* Toutefois, tandis qu'elle réfléchissait, leurs deux regards se croisèrent, et chacun eut l'impression que « quelque chose » se passait.

Pour échapper à cette sensation inattendue, Lucy se décida à répondre :

– Il est beaucoup trop tôt pour que je puisse me prononcer. Je vais attendre l'avis du médecin légiste. En fonction des éléments qu'il me fournira, j'espère que je pourrai établir l'identité du cadavre. Malheureusement, celui-ci n'avait aucun papier sur lui. Ensuite, il sera toujours temps d'essayer de déterminer la cause et la date du décès… Donc, pour vous répondre : un suicide, oui, pourquoi pas ? Mais c'est loin d'être la seule éventualité.

L'Écossais parut séduit par la prudence et l'esprit méthodique de son homologue. Cette dernière enchaîna :

– Historiquement, il est vrai que beaucoup de gens ont sauté volontairement depuis le sommet du Morne. Au début du XIXe siècle, alors que les Anglais qui occupaient l'île venaient annoncer aux « marrons » – c'est ainsi qu'on nommait les esclaves en fuite – que l'esclavage était aboli, on raconte que ceux-ci ont cru que les soldats venaient les capturer. Alors plutôt que d'être faits prisonniers, ils auraient gravi le rocher, puis ils se seraient jetés dans le vide. Un véritable drame… Le mémorial se trouve à quelques centaines de mètres d'ici, le long de la plage, près des hôtels de la péninsule. En raison de la symbolique de leur geste – ces hommes ont préféré la liberté à la captivité –, le site a été récemment classé au patrimoine mondial par l'UNESCO.

– Merci pour ces informations, lui renvoya Sweeney, impressionné.

Mais Lucy tint encore à préciser :

– En dépit de cette « tradition » du saut volontaire au Morne, il faut garder en tête que notre homme a tout aussi bien pu être « incité » à se précipiter dans le vide. Lorsque nous aurons validé son identité, cette option prendra plus ou moins d'épaisseur.

Quand elle eut terminé sa phrase, les deux policiers se contemplèrent à nouveau. Chacun semblait étonné que leur rencontre s'effectue dans ce lieu particulier, à la fois idyllique mais également sauvage et triste. *Oui, drôle d'endroit pour faire connaissance*, finit par juger l'Écossais, avant de sourire pour la toute première fois.

Par mimétisme, sa collègue sourit elle aussi. Puis, avant même d'avoir réfléchi et de regretter les paroles qu'elle allait prononcer, elle lui demanda :

– Dites-moi, puisque votre réputation d'enquêteur n'est plus à faire, et que vous semblez avoir du temps libre, est-ce que vous accepteriez de me donner un coup de main ?

Déjeuner au Morne

– Magnifique ! déclara Sweeney.

Assis sur un banc, l'Écossais contemplait l'éclat scintillant du lagon, les barques rouges et jaunes des pêcheurs délicatement posées sur la surface de l'eau, la jetée courant vers la mer, puis l'imposante silhouette du Morne Brabant en toile de fond. Poursuivant son tour d'horizon, il observa une église au toit de tôle bleue, une échoppe aux couleurs vives dressée dans l'écrin verdoyant d'un jardin public, puis la route côtière : un ruban de mauvais goudron où se succédaient sans relâche des bus ornés de fresques multicolores, une cohorte de pickups, des chiens errants et miteux, ainsi que des scooters poussifs dont les pilotes ne portaient pas de casque. Le pittoresque village du Morne était à lui seul une carte postale pour les touristes.

Installée à ses côtés, Miss Fourstripes finit de mastiquer une bouchée, puis elle dit à son tour :

– Ah, j'avais faim ! Il se faisait tard… Le Briani poulet, vous aimez ? La marchande proposait aussi du poisson salé, mais j'ai eu peur que vous ne trouviez ce plat trop « folklorique ».

– Vous savez, je suis Écossais. Alors j'ai l'habitude des poissons à fort caractère. Mon estomac aurait survécu à cette expérience.

– Alors ce sera pour une autre fois, lui sourit l'enquêtrice de la CID.

Après avoir plongé une fourchette dans sa portion de Briani, Sweeney demanda :

– Qu'est-ce que vous faites là ?

– Comment ? s'étonna sa collègue.

– Je veux dire : à Maurice… C'est vrai, vous avez effectué vos études et votre formation au Royaume-Uni. Pourquoi revenir ici ?

– Mais je ne suis pas *revenue*, le détrompa-t-elle. Une fois mon cursus terminé, j'ai décidé en réalité de *venir* à Maurice. C'est un pays que je ne connaissais pas il y a deux ans.

– Pardon ?

– Je vous explique… J'ai vu le jour ici, mais j'ai été adoptée dès ma naissance par un couple de Britanniques. Mes parents sont venus me chercher, puis j'ai grandi à Godalming dans la banlieue de Londres. Ils ont décidé de m'appeler Lucy, pour symboliser la lumière de mon pays d'origine. Et puisque je n'avais pas de nom de famille, ils ont opté pour Fourstripes qui est le nom du drapeau mauricien, avec ses quatre bandes de couleur horizontales. Au final, même si je n'en ai pas vraiment l'air, je suis une « petite Anglaise », inspecteur… Pour l'instant, j'ignore toujours qui sont mes véritables parents, ou bien si j'ai des frères et des sœurs dans le pays. En plus, avec mon physique métissé, n'importe quel Mauricien pourrait être un membre de ma famille... Lorsque je suis arrivée il y a deux ans, après que la police mauricienne a accepté de reconnaître mes diplômes, je me suis sentie un peu perdue. J'avais beau être née ici, y avoir mes racines, je ne me sentais pas chez moi. Dans l'urgence de mon installation, j'ai déniché une petite maison en bois dans un quartier surpeuplé de Vacoas. Les premiers mois, j'ai bien cru que je ne m'adapterais jamais. Pire encore : je ne parlais pas un mot de créole ! Mille fois, j'ai pensé prendre le premier avion pour Londres... Heureusement que Naushad et Marietta étaient là.

– Qui ça ?

– Naushad Abdool, mon jardinier musulman, et Marietta Cheng Ling, ma femme de ménage d'origine chinoise. Très vite, nous sommes devenus amis. Ils sont adorables. Avec le temps, j'ai l'impression qu'ils sont un peu mes parents de substitution. Et puis j'ai aussi Fred Astaire.

– Fred Astaire ? répéta l'Écossais, surpris.

– C'est mon chat. Un grand félin au pelage beige, aussi maigre et élégant que le danseur américain. Quelques jours après mon emménagement, il a débarqué sur le balcon de la maison pour ne plus la quitter... C'est mon confident. Quand je n'ai pas le moral, ou que j'ai besoin de réfléchir, je lui parle, et il me comprend.

– Ne me dites pas que vous êtes célibataire. Une jolie fille comme vous, allons ! la taquina son homologue.

– Je crains que si ! confirma Lucy en riant. Vous savez ce que c'est : nous exerçons un métier passionnant, mais chronophage. Difficile de faire des rencontres. Il y a bien Jasheel, un collègue de mon service, qui me courtise de façon très diplomate. Mais je n'ai pas la tête à ça… Non, je crois que je ne suis pas prête.

– Trop jeune ?

– Ce n'est pas ça… Inconsciemment, je suis venue à Maurice pour retrouver mes racines. J'ai besoin de savoir qui je suis vraiment.

– Et j'imagine que vous n'avez toujours pas la réponse ?

Lucy commença par lui sourire. Puis la jeune femme avala une nouvelle bouchée, avant de rétorquer :

– Sûrement… et elle soupira longuement.

Enfin, pour détourner la conversation, elle demanda à son voisin :

– Et si nous parlions plutôt de vous, inspecteur-chef ? J'ai remarqué l'anneau à votre doigt. Vous n'êtes pas célibataire, vous. Pourtant, depuis ce matin, vous n'avez appelé personne, et personne ne vous a téléphoné. Est-ce que vous êtes venu seul ? J'aurais pensé que vous…

Soudain, constatant l'embarras qu'elle suscitait chez l'Écossais dont le visage se fermait petit à petit, Miss Fourstripes comprit qu'il ne fallait pas insister. *Mince*, pensa-t-elle. *Il me paraît encore plus touché que tout à l'heure. J'ai la sensation que son mal-être est profond. Non, je ne devrais pas lui demander ce qu'il fait là, seul. C'est comme s'il dissimulait un terrible secret. Un secret qu'il ne révélera jamais*, envisagea-t-elle enfin.

Cette fois, ce fut au tour de Sweeney de chercher à faire évoluer leur échange. Après avoir déposé son repas le long de son club de golf, il interrogea sa collègue :

– Lucy, il est bientôt quinze heures. Si nous faisions le point sur votre enquête ? Vous avez bien avancé, non ?... Ce qui m'étonne, c'est que depuis que les agents de La Gaulette ont reconnu la victime, et que nous avons commencé à sillonner les rues du Morne, vous avez questionné des dizaines de personnes, nous sommes passés à travers d'innombrables ruelles, mais vous n'avez pas pris la moindre note. Il me semble que vous n'avez même pas écrit le nom du malheureux sur un calepin. Comment faites-vous ça ?

– J'ai une mémoire d'éléphant. Tout est là, dit-elle, puis elle désigna sa tête avec la pointe de son ombrelle.

Amusé, son homologue concéda :

– Il est vrai que je n'ai pas de leçons à vous donner. Depuis des années, j'ai la manie d'enregistrer mes témoins avec un dictaphone dont je n'écoute jamais la bande. Je crois que ça me sert juste à les impressionner, ou bien à me rassurer…

Au final, je fais comme vous : je me fie plus à mes souvenirs et à mes impressions.

Puis il essaya de la relancer :

– Alors, ce point de situation ? Je vous écoute.

– Commençons par l'identité du mort. Grâce à un agent de police qui l'a finalement reconnu, nous avons appris qu'il s'appelait Jean-François Laviolette.

– Drôle de nom, releva l'Écossais.

– Non, détrompez-vous... Le Morne est un village créole. Ce genre de patronyme y est courant. Souvent, ce sont les anciens maîtres français qui donnaient des noms imagés, voire cocasses, à leurs esclaves. Leur vrai prénom africain étant imprononçable, ils les ont débaptisés. Ainsi, vous trouverez beaucoup de « Coquin », « L'Intelligent », « Pirogue » ou « Poisson » par exemple, qui devaient probablement refléter le caractère ou les aptitudes des pauvres bougres. Ensuite, lorsque les Anglais ont conquis l'île au début du XIXe siècle, les administrateurs de l'Empire britannique ont fait preuve de beaucoup de tact : ils ont choisi de laisser toutes leurs prérogatives, ainsi que leur langue et leurs coutumes, aux propriétaires français. Par conséquent, le créole et le français ont continué de prospérer, et c'est ainsi que l'anglais, la seule langue officielle du pays, n'est jamais que la langue scolaire ou administrative. En réalité, elle est la moins parlée des trois !... Nous sommes une nation étrange, inspecteur, et très jeune encore. Après tout, l'indépendance n'a été proclamée qu'en 1968.

– Vous dites « nous », remarqua Archibald. Un signe de votre remarquable intégration ?

– Vous avez raison. Je me sens pleinement Mauricienne à présent, reconnut-elle.

Son homologue revint à la charge. Il lui demanda :

– Lucy, lorsque nous étions chez les parents de la victime, vous vous êtes efforcée de me traduire leurs déclarations, mais je ne suis pas certain d'avoir tout compris pour autant ... Ce que j'ai noté, c'est que la famille paraît assez pauvre. Ils habitent une modeste case en tôle.

– Ici, c'est l'habitat traditionnel, relativisa l'enquêtrice. Surtout dans un village de pêcheurs comme celui-ci... Non, tous les deux sont des braves gens. Le père est âgé. Il était pêcheur lui aussi, comme son père avant lui et comme son fils Jean-François. Le couple est éploré, mais leurs sentiments sont partagés. En effet, ils étaient presque soulagés d'apprendre que nous avions retrouvé le corps de leur aîné, mais aussi effondrés de voir leurs pires craintes confirmées. D'autant plus que le frère cadet, Antonin, a disparu le même jour que la victime, mercredi dernier.

– Oui, il semble ne plus avoir donné de nouvelles depuis cette date. Dans ces conditions, il est logique que les parents redoutent qu'il ait connu le même sort.

– Ou pire encore : qu'il soit responsable de la mort de son frère.

– Bien sûr, c'est envisageable… Avec ces éléments, difficile de croire à un suicide. N'est-ce pas ?

– Je suis de votre avis… Ses parents nous ont brossé le portrait d'un jeune homme de trente ans bien dans sa peau. C'était un pêcheur doué et travailleur qui, visiblement, s'apprêtait à acheter un gros bateau à moteur, puis à monter un équipage avec son frère et un ami, un certain James Casimir.

– Lorsque nous nous sommes rendus au domicile de ce dernier, deux rues plus loin, la porte était close, lui rappela Sweeney. Ses voisins nous ont dit ne pas l'avoir vu depuis des jours.

– C'est juste. Nous n'avons rencontré aucun des amis ou des collègues des Laviolette. Les habitants nous ont déclaré que ceux que nous cherchions étaient en mer, ou bien partis se promener… Je crois surtout qu'aucun d'entre eux n'a envie d'être vu en notre compagnie. Dans ces petites communautés du littoral, les policiers ne sont pas très appréciés. Et puis tout s'y sait instantanément.

– Je m'en doute. Les seules personnes que nous avons pu interroger, ce sont les filles du village. Toutes connaissaient bien « JF », comme elles l'appelaient. Au Morne, notre disparu paraît avoir multiplié les conquêtes. En tout cas, beaucoup d'entre elles le regrettent déjà. Certaines peut-être plus encore que ses propres parents. Elles ont éclaté en sanglots lorsque nous leur avons appris la triste nouvelle.

– Les Mauriciens sont plutôt démonstratifs, inspecteur. Mais il est vrai que cette popularité auprès des femmes doit retenir notre attention.

– Est-ce que vous pensez à des jalousies ou à des tensions de ce genre ?

– Au point de pousser le beau JF depuis le sommet du rocher ? Non. Même si certaines de ces dames sont bien charpentées, je crois peu à cette hypothèse. D'autant plus que, sur notre île, on se console assez vite en matière amoureuse.

– Vous connaissez les mentalités locales mieux que moi. Je vous fais confiance… Sinon, reprit-il, plusieurs témoins – dont des enfants – nous ont signalé la présence d'étrangers dans le village, ces derniers temps. Quelle est votre opinion ?

– Il faut toujours écouter ce que racontent les gens. Beaucoup ont insisté pour nous parler de ces hommes qui disaient vouloir rencontrer les frères Laviolette, peut-être pour réserver leur bateau.

– Trois ou quatre Européens, c'est ça ?

– Des Européens ? répéta Lucy. Rien n'est moins sûr. Apparemment, ces inconnus sont venus à plusieurs reprises. Ils parlaient français, et pas créole, avec un fort accent anglais. La coiffeuse du village, qui a travaillé au Royaume-Uni, s'est adressée à eux dans cette langue. Selon elle, ils pourraient bien être Sud-Africains ou Australiens. Peut-être même des Américains. Elle m'a paru assez sûre d'elle.

– C'est étonnant, jugea son collègue britannique.

– Pas tant que ça. Ces inconnus pourraient être liés au trafic de drogue. À Maurice, c'est un véritable fléau. J'y consacre la moitié de mon temps avec les violences conjugales, une autre de nos grandes spécialités… On peut imaginer que les frères Laviolette et leur associé Casimir ont été approchés. Peut-être même font-ils partie d'un réseau. Leur activité de pêcheur s'y prêterait assez bien. Toutefois, les connexions de ce genre se font le plus souvent avec l'île voisine de la Réunion, qui nous pose bien des problèmes. Or les Réunionnais parlent eux aussi le créole, pas l'anglais. Donc c'est bizarre. La description physique de ces hommes, ainsi que leur accent, ne correspondent pas aux morphotypes habituels. On aurait donc affaire à autre chose. Il y a là comme une faille… conclut Miss Fourstripes, songeuse.

L'Écossais comprit qu'il s'agissait là d'un point important. La jeune femme avait besoin de réfléchir. Après un moment, lorsque cette dernière émergea de son état de semi-conscience, elle remarqua qu'elle avait terminé sa portion de Briani sans même s'en rendre compte. Plus détendue, elle demanda à son voisin :

– Bien, et si nous prenions un dessert ? Des gâteaux piment, ça vous tente ?

Le touriste sursauta :

– Quoi ? Un dessert au piment ?

– Non, sourit-elle. Des gâteaux piment. C'est excellent et typiquement mauricien. Ceux de la marchande m'ont semblé vraiment appétissants. Est-ce que vous voulez les goûter ?

– Ma foi, si vous le dites...

– Je lui prendrai aussi des glaces à l'eau, pour nous rafraîchir... Je reviens, dit-elle, puis elle s'élança vers l'échoppe toute proche.

– Je vous accompagne ! lança l'inspecteur-chef, et ce dernier prit à son tour la direction de la boutique.

À peine Sweeney eut-il rejoint Miss Fourstripes, qu'un grand gaillard surgi de la droite se précipita vers eux. En quelques enjambées, il vint se planter face au duo et les força à s'arrêter. Corpulent, portant une casquette de base-ball, un tee-shirt vert sans manches, un bermuda fleuri et des sandales, le jeune homme d'environ trente ans au faciès malgache s'adressa à sa compatriote en créole. Son phrasé était nerveux, presque haletant. Dès qu'il eut fini de s'exprimer, l'inconnu tourna les talons, puis il repartit en direction de la route côtière.

– Qui est-ce ? Qu'est-ce qu'il voulait ? s'inquiéta l'Écossais.

Visiblement interloquée, et tout en continuant à le suivre des yeux, Lucy répondit :

– Je ne sais pas vraiment. Il m'a dit qu'il ne pouvait pas nous parler ici, qu'il y avait trop d'yeux qui nous regardaient, mais qu'il savait ce qui était arrivé aux frères Laviolette. Il m'a donné rendez-vous demain au Champ de Mars, à Port Louis.

– Où ça ?

– Au Champ de Mars, dans la capitale. C'est l'hippodrome. La saison des courses vient tout juste de reprendre. Il m'a demandé de l'attendre sous le grand banian de la cour intérieure, au moment où la septième course s'élancera. C'est tout.

Soudain, l'inspectrice s'élança à la poursuite de l'inconnu. Ce dernier n'allait plus tarder à franchir la route.

– Ho, doucement la jeunesse ! lui cria Archibald, et il la retint en agrippant son bras avec la tête de son club de golf.

Lucy se retourna comme une lionne, pour protester :

– Mais qu'est-ce que vous faites ? Il faut bien que je…

– Doucement, j'ai dit !

– Quoi ?

– Je vous explique : cela ne sert à rien de le rejoindre pour le contraindre. Il ne vous parlera pas maintenant, mais demain. Alors soyez patiente. J'avoue que c'est une qualité que je n'avais pas à votre âge. Il faut l'apprendre, vous n'avez pas le choix.

Dans le regard bleu lagon de Miss Fourstripes, Sweeney lut l'envie folle qu'elle avait de lui arracher un à un tous les poils de sa barbe !

Après avoir retiré la canne de son épaule, l'Écossais ajouta :

– Lucy, on lui parlera demain. Je vous assure, c'est préférable.

– « On » ? releva la jeune femme. Comment ça « on » ? Parce que vous voulez m'accompagner ?

Séduit par son changement d'humeur et son air surpris, Archie ne put s'empêcher de lui sourire. Avant de remarquer : *Tiens, tiens. Cela fait déjà deux fois que je souris aujourd'hui. Ça ne m'était plus arrivé depuis des mois...*

Un jour aux courses

Dimanche après-midi – Port Louis, Champ de Mars

– Quelle foule ! s'exclama Sweeney en sortant de la fournaise de la rue Shakespeare.

Lui et sa collègue avaient décidé de stationner dans cette artère étroite, coincée entre l'enceinte de l'hippodrome et les écuries. En atteignant la cour intérieure, située derrière les tribunes couvertes, les deux enquêteurs apprécièrent aussitôt sa fraîcheur. En quelques pas, ils rejoignirent l'ombre d'un banian majestueux encerclé par plusieurs bistrots, par une multitude de guichets destinés aux paris, ainsi que par la barre perpendiculaire d'immenses gradins de couleur ocre. Pour accéder aux étages ainsi qu'aux loges privées, escaliers et balcons étaient réservés aux seuls entraîneurs, à leurs invités, ou bien aux membres du Mauritius Turf Club. Postés à l'entrée, des vigiles au costume sombre ne laissaient passer que des dames élégantes aux tenues colorées et aux chapeaux extravagants, accompagnées par des messieurs en cravate dont les complets au tissu épais devaient être bien difficiles à supporter par cette chaleur.

Impressionné, le policier écossais répéta :

– Vraiment, quelle foule ! et il contempla ce flux bigarré, tellement dense et bruyant que l'on se sentait presque oppressé. Les silhouettes, qu'elles soient créoles, blanches, indiennes ou musulmanes, masculines ou féminines, s'entremêlaient dans un tohu-bohu chatoyant au sein duquel les différences semblaient se fondre.

Comme si elle lisait dans ses pensées, Lucy dit à son collègue :

– Le Champ de Mars, c'est un peu le creuset de notre nation, inspecteur. Tout le pays s'y retrouve… Les courses sont une sorte de sport national. C'est là que les différences de classe, de communauté, de religion, d'âge ou de sexe, s'évanouissent. Ici, on se sent pleinement Mauricien, sans distinction. Nous ne faisons plus qu'un, nous sommes la nation arc-en-ciel.

La jeune femme poursuivit :

– J'en veux pour preuve que c'est là, de l'autre côté des tribunes, que le drapeau mauricien s'est élevé dans le ciel pour la toute première fois le 12 mars 1968. Tout un symbole… Cet hippodrome, c'est beaucoup plus qu'un champ de courses : c'est le cœur du pays !

Convaincu, le Britannique opina. Puis, appuyant la tête de son club de golf contre le menton, il déclara :

– Dites, est-ce que vous avez vu tout ce monde ? Dans ce capharnaüm, jamais nous ne retrouverons notre homme. Et lui ne nous verra pas non plus.

– Je ne suis pas d'accord. Son rendez-vous est habile. Les gens se pressent pour parier, mais dès que les chevaux entreront dans les stalles au départ de la septième, alors ils fileront vers le terrain pour assister à la course.

Au même moment, une voix retentit dans les haut-parleurs.

– Qu'est-ce que je vous disais ? sourit Lucy. Le speaker vient d'annoncer que les chevaux quittaient le rond de présentation. Ils sont en train de se diriger vers l'intérieur de l'hippodrome. Dans quelques instants, le reflux des spectateurs va s'opérer. Vous verrez, la cour sera bientôt vide… Dirigeons-nous plutôt vers le pied du banian, et l'inspectrice descendit une volée de marches.

Sweeney l'imita. Sur son chemin, il croisa des parieurs en retard qui, malgré leurs habits du dimanche, empestaient la sueur. Parvenu sous l'arbre, l'Écossais ne put s'empêcher de lever le nez pour admirer les branches gigantesques qui dominaient l'ensemble de la vaste cour. Rapidement, la foule se fit plus clairsemée au fur et à mesure qu'elle se ruait vers la piste. On eut même l'impression de pouvoir respirer plus librement.

C'est alors que Miss Fourstripes lança à son homologue :

– Vous auriez pu faire un effort vestimentaire.

– Comment ça ?

– Avec votre chemise à fleurs plus tahitienne que mauricienne, votre barbe mal peignée, votre pantalon froissé trop ample, et puis vos chaussures bateau, vous ne respectez absolument pas l'étiquette. On doit se faire beau pour venir au Champ de Mars. C'est la tradition... Pire encore : vous ne portez pas de chaussettes ! Ici, c'est impardonnable. Les vigiles auraient pu vous refouler pour ce seul motif. Nous avons eu de la chance. Il existe un *dress code* tacite, je vous avais prévenu. C'est à ces détails que l'on voit que vous êtes plus Écossais que Britannique ! le taquina-t-elle.

Vexé, Archie observa sa tenue et déclara :

– Quoi ? Je ne vois pas ce qu'ils ont mes vêtements !

– Vous ne voyez pas ? Vraiment ? C'est bien là le problème, finit-elle de l'aiguillonner.

Revanchard, l'inspecteur-chef se tourna vers sa collègue pour la scruter de la tête aux pieds. Son ombrelle à la main, la jeune Lucy portait une robe rouge, courte et moulante, qui sculptait ses formes les plus avantageuses. Ses jambes nues, bronzées et musclées, étaient soutenues par des escarpins aux talons interminables. Enfin son visage maquillé, au métissage étrange mais si harmonieux où se mêlaient l'Européenne, l'Africaine et l'Asiatique, était encadré par une épaisse chevelure blonde et frisée. Sweeney songea : *Pourquoi Miss Fourstripes a-t-elle choisi la police ? Elle aurait tout aussi bien pu concourir pour devenir Miss Monde. Elle aurait eu ses chances !* et, involontairement, un sourire traversa son visage.

La belle Mauricienne réagit au quart de tour :

– Ayo, qu'est-ce qu'il y a ? Ma robe est trop courte, c'est ça ?

Gêné, le Britannique détourna le regard. Avant de bredouiller :

– Hem, non... Pas du tout. C'est juste que... Non, je ne me permettrais pas.

Cherchant à fuir les yeux si bleus de sa collègue, Archibald préféra observer la rapidité à laquelle la cour intérieure était en train de se vider. Ne demeuraient déjà plus que des serveurs, de rares consommateurs assis aux terrasses, quelques épouses trop heureuses de se débarrasser de leur joueur de mari, ou bien deux ou trois éclopés qui, pour ne pas être bousculés, préféraient attendre que les derniers valides les aient précédés.

Soudain, un individu émergea à contre-courant. *L'homme du Morne !* sursauta Sweeney.

Casquette vissée sur le crâne, les yeux apeurés, portant chemise de flanelle et pantalon de toile, le grand gaillard s'approcha rapidement. Il avait dû guetter le duo, puis attendre que la foule se disperse avant de se décider à les rejoindre. Manifestement inquiet, l'homme ne cessait de jeter des coups d'œil tout autour de lui, ou encore en direction des tribunes qui le surplombaient.

Dès qu'il fut à proximité des enquêteurs, Miss Fourstripes lui dit en créole :

– Bonjour. Contente de voir que vous avez tenu parole.

– Pardon ? sursauta Sweeney.

– Je vous traduirai ensuite.

– J'y compte bien !

Puis l'inspectrice de la CID se retourna vers l'individu et elle enchaîna dans sa langue :

– Qui êtes-vous ?

– James Casimir, l'associé des frères Laviolette. Nous nous connaissons depuis l'enfance. Nous sommes voisins au Morne.

Souriant d'un air entendu, le policier écossais fit comprendre qu'il avait saisi cette partie du dialogue.

– Je m'en doutais un peu, répondit Miss Fourstripes. Soyez franc : est-ce que vous vous cachez ? Hier, les villageois nous ont dit que vous aviez disparu depuis plusieurs jours.

– Bien sûr que je me cache ! riposta le pêcheur. Je n'ai aucune envie de finir au pied d'une falaise comme JF !

Après lui avoir laissé le temps de se calmer, Lucy voulut savoir :

– Monsieur Casimir, dites-nous ce qui vous arrive.

– Impossible de tout vous expliquer ici. Ce serait trop long et trop dangereux pour moi. Vous n'imaginez même pas à quel point.

– Je n'imagine pas quoi, au juste ? Allons, parlez. C'est pour ça que vous êtes là, non ?

S'il ne parvenait pas à tout déchiffrer de l'échange, Sweeney remarqua toutefois que la peur marquait le visage du corpulent jeune homme.

Ce dernier dit à la policière :

– Nous étions trois : JF, son frère Tonio et moi.

– Vous voulez dire Antonin, n'est-ce pas ?

– Oui, mais tout le monde l'appelle Tonio… Toute cette histoire a débuté à la sortie de l'hiver, il y a deux mois. Un soir, alors que nous regardions le soleil se coucher sur le Morne Brabant, JF nous a proposé, à Tonio et à moi, de l'accompagner pour une sortie de pêche au nord-est de Maurice. C'était vraiment loin… Un vieil homme venait de lui révéler l'emplacement d'un spot de pêche exceptionnel que peu de professionnels connaissent. La zone est peu fréquentée, parce qu'elle est éloignée des secteurs traditionnels et qu'elle est difficile d'accès. Mais si on réussissait notre coup, JF disait que nous n'aurions plus besoin de travailler le reste de l'année… JF était un garçon sérieux, il avait du flair. Alors il nous a convaincus. On lui a tout de suite dit oui. On avait confiance.

– Ensuite ? le relança-t-elle.

– Pour partir en mer aussi loin, nous devions louer un gros bateau à moteur avec une autonomie suffisante. Nous sommes venus exprès à Port Louis. JF avait déjà repéré le navire qu'il souhaitait acheter pour monter sa propre compagnie. C'était l'occasion ou jamais de le tester… Pour payer la location, nous nous sommes cotisés. J'ai investi la plupart de mes économies. J'ai même vendu ma voiture. Mais ce n'était pas grave, j'étais certain d'en acheter une plus belle au retour… Alors, il y a un mois environ, nous sommes partis tous les trois. La campagne devait durer un peu plus de deux semaines au total.

Mais, d'un coup, James Casimir se tut. Un instant, Sweeney craignit que l'échange ne fût déjà terminé. Heureusement, sa collègue réagit. Elle questionna l'homme :

– Eh bien ? J'aimerais comprendre.

– Voilà… Une fois sur zone, ce fut une vraie pêche miraculeuse. C'était comme si les poissons sautaient volontairement sur le pont du bateau. Je n'avais jamais vu ça. Le tuyau donné par l'ami de JF était *mari top*… Pendant deux jours, nous n'avons pas fermé l'œil, et après quarante-huit heures, les cales étaient déjà pleines. Nous n'en revenions pas. Nous n'avions même plus assez de glace pour conserver nos prises ! Évidemment, il ne servait à rien de rester plus longtemps. Un dernier filet à relever, et nous n'avions plus qu'à mettre le cap au sud-ouest. Mais c'est là que c'est arrivé.

Perturbé par ce souvenir, James Casimir contempla ses pieds et il demeura de nouveau silencieux. La peur se fit également plus nette dans ses yeux.

Cette fois, Lucy n'attendit pas. Agacée, elle insista :

– Vous voyez bien que nous sommes seuls. Parlez !

Après avoir longuement scruté les tribunes, puis la cour désormais vide, l'homme prit un air grave pour déclarer :

– Nous sommes allés pêcher là où il ne fallait pas. Nous avons trouvé ce que nous n'aurions jamais dû trouver. Cet ultime filet était maudit. Il a coûté la vie à JF. Nous n'aurions jamais dû le remonter. Oui, nous aurions mieux fait de l'abandonner au fond de la mer.

Puisque son témoin s'interrompait une fois encore, la jeune femme en profita pour faire un résumé de ses propos à son collègue écossais. Dès qu'elle eut terminé, le pêcheur accepta de poursuivre :

– À notre retour au Morne, j'ai fait une erreur... Nous avions besoin d'aide, alors je suis allé voir un ami au poste de police de La Gaulette. Je voulais qu'il me donne quelques conseils sur ce que nous devions faire. Après, je ne sais pas ce qu'il s'est passé. Peut-être en a-t-il parlé à l'un de ses supérieurs ? En tout cas, il n'aurait pas dû. Tout se sait très vite sur notre petite île. Et puis c'est ma faute aussi. JF m'avait dit de ne pas y aller, mais je ne l'ai pas écouté. Oui, c'est peut-être à cause de moi s'il est mort… Ensuite, il y a une semaine, des curieux sont arrivés dans le village. Ils portaient de beaux costumes de ville. Personne ne les connaissait. Je les ai vus passer dans ma rue. Ils posaient des questions à tous ceux qu'ils croisaient. Ils voulaient savoir où habitaient les frères Laviolette. Ils insistaient, proposaient de l'argent en échange. Le premier jour, ils sont revenus trois fois à la charge. Mais comme tout le monde faisait semblant de ne pas comprendre ce qu'ils voulaient, je crois que ça les a énervés… Le soir même, je suis allé voir les deux frères. On a discuté. Je leur ai dit que ces types ne m'inspiraient aucune confiance, que leur visite était forcément liée à ce que nous avions découvert, et qu'il fallait se méfier. J'étais inquiet. J'ai insisté pour que nous quittions le village, au moins pour un temps, et pour que nous fassions tout disparaître.

– Tout quoi ?

James Casimir fit mine de ne pas entendre la question de l'inspectrice. Il enchaîna :

– Les Laviolette hésitaient. Ils m'ont assuré que ça ne pouvait pas être aussi sérieux que je le craignais. Ils avaient tort… Le lendemain matin, JF était introuvable. Tonio a eu beau l'appeler vingt fois au téléphone, son frère ne répondait pas. Ce n'était pourtant pas son genre… On a tout de suite compris qu'il se passait quelque chose de grave, que peut-être « ils » l'avaient trouvé…

Maintenant, je sais que j'avais raison de me méfier. Ça ne m'étonne pas. Je sais ce qu'ils cherchent, et ils ne reculeront devant rien. C'est trop important pour eux.

– Expliquez-vous ! bouillonna Lucy.

– À mon avis, JF ne leur a rien dit. Il était courageux. C'est sûrement pour ça qu'ils l'ont poussé du haut du rocher. Ils ont dû le menacer, mais il n'aura rien lâché. Je suis certain qu'ils l'ont tué parce qu'il les a mis en colère... Depuis, « ils » nous cherchent, Tonio et moi. Je suis persuadé que si JF avait vendu le morceau, ils auraient déjà cessé de nous traquer.

– Mais chercher quoi, bon sang ! Et Tonio, où est-il ? Où se cache-t-il, lui ?

Lorsque le pêcheur baissa la tête, Archibald réalisa qu'il avait rarement vu une personne aussi soucieuse. Il était évident que James Casimir détenait un secret si lourd qu'il lui pesait sur l'âme. L'homme avait conscience que sa vie était en danger et que, désormais, son existence ne serait plus jamais comme avant. À cet instant, l'Écossais se demanda ce que les pêcheurs du Morne avaient bien pu remonter dans leur filet !

James soupira profondément. Puis on entendit les clameurs qui retentissaient de l'autre côté des tribunes. La septième course venait de s'élancer.

– Les gens ne vont plus tarder à revenir, redouta Casimir. Demain, il faut que vous alliez voir Monsieur Jules à Plaine Champagne. C'est l'oncle des frères Laviolette.

– Plaine Champagne ? répéta Lucy.

– C'est ça. Monsieur Jules est le manager du centre de quarantaine pour chevaux, près du domaine de Saint Denis, dans les montagnes. C'est lui qui m'a donné l'idée de venir vous rencontrer ici afin d'être plus discret. Il pensait que la foule ferait office de camouflage... Monsieur Jules, c'est une figure dans le monde des courses. Chacun le connaît. Il est même le premier lad mauricien à être devenu entraîneur.

– Pourquoi devrions-nous aller le voir ?

– Il est au courant de toute l'histoire. C'est un homme éduqué. Il vous expliquera les détails bien mieux que moi. Oui, il vous racontera.

– D'accord, accepta Miss Fourstripes. Et vous ? Qu'allez-vous faire ?

– Moi, j'ai toutes mes économies dans la poche. Tout à l'heure, je vais prendre l'avion pour Rodrigues. J'ai de la famille là-bas. Ils me cacheront le temps que cette affaire soit réglée. À Rodrigues, « ils » ne me trouveront pas. Aucun risque. J'y serai en sécurité.

Aussitôt, le pêcheur jeta un nouveau coup d'œil circulaire dans la cour. Puis il dit encore :

– Vraiment, finir au pied d'une falaise, ça ne m'intéresse pas. Pauvre JF...

Sweeney, qui devait se contenter d'écouter sans comprendre, détecta à quel point le regard de l'homme était devenu sombre, comme s'il avait un mauvais pressentiment.

Redressant la tête, James fixa Miss Fourstripes et il lui répéta :

– Demain, allez à Plaine Champagne. C'est important. Monsieur Jules vous y attendra. Il vous parlera. Il peut vous aider. Vous aussi, vous êtes en danger à présent.

Soudain, le pêcheur fit demi-tour et il partit en direction du tunnel sous les tribunes.

Lucy s'empressa de traduire l'essentiel de ses paroles à son collègue, avant de s'écrier :

– Alors, qu'est-ce qu'on fait ?

– Cette fois, on le suit. Et vite ! Mais vous, avec vos talons de poupée Barbie, est-ce que ça ira ?

Jetant un regard courroucé au Britannique, elle rétorqua :

– Les filatures discrètes, ça me connaît. Pas de souci. On y va !

– Discrètes ? Dans cette tenue ?

– J'ai dit : on y va ! s'agaça l'enquêtrice.

Grâce à la casquette de baseball que portait James Casimir, les deux policiers retrouvèrent assez vite leur objectif au milieu de la foule. Ils s'engagèrent alors à sa poursuite en passant à leur tour sous les tribunes. Au moment précis où ils atteignaient l'entrée de la piste, la septième course franchit le poteau d'arrivée. Une clameur incroyable, aussi puissante que les terribles cyclones qui balaient parfois l'île, déferla d'un coup sur les gradins. Comme une vague géante, les cris longèrent le terrain, avant d'aller submerger les collines qui bordaient le nord de l'hippodrome. Le temps d'une arrivée, Sweeney eut la sensation que c'était toute la nation mauricienne qui communiait dans une même ferveur.

Dès que le brouhaha des cris de joie et de déception mêlés retomba, Lucy s'exclama, enthousiaste :

– Le Champ de Mars, c'est le plus beau terrain de courses au monde ! Vous ne croyez pas ?

– Peut-être. Quoi qu'il en soit, je suis impressionné.

Contemplant la foule en liesse, le policier eut le sentiment étrange d'avoir été traversé par le souffle de l'âme mauricienne. Sa force et sa chaleur l'habitaient encore. Mais, déjà, les parieurs refluaient vers la cour intérieure afin de miser sur les favoris de la huitième épreuve de la journée.

Miss Fourstripes ramena Sweeney à la réalité. Elle lui dit :

– Vite, notre homme se dirige vers le parking. Il ne faut pas le perdre de vue !

En effet, au milieu d'un dédale d'échoppes proposant paris ou boissons, d'allées jonchées de tickets et de programmes abandonnés par les malchanceux du jour, James Casimir continuait de s'éloigner dans une foule plus cosmopolite et plus populaire que celle des tribunes. À un carrefour de ruelles, le pêcheur du Morne bifurqua vers la gauche.

Apercevant alors une grande colonne, Archibald demanda à sa jeune collègue :

– Qu'est-ce que c'est ?

– Le tombeau Malartic [1]. C'est aussi un parking. Casimir doit être garé là. Mince ! Pourvu qu'il ne soit pas venu à moto, sinon nous sommes fichus.

Les deux inspecteurs pressèrent le pas pour se rapprocher. Parvenus sur l'espace plus dégagé où stationnaient les voitures, ils n'y croisèrent que de rares familles ou quelques gardiens. Près de cinquante mètres devant eux, James Casimir se faufilait toujours à travers les rangées de véhicules.

Tout à coup, surgissant depuis la droite, trois inconnus sautèrent sans ménagement sur le grand jeune homme. Deux d'entre eux avaient une apparence européenne, tandis que le troisième était d'origine indienne. En un éclair, l'un d'eux lui fit une clé dans le dos, puis ses deux acolytes entraînèrent leur victime vers le fond du parking.

– Ils l'enlèvent, vite ! s'écria Sweeney. Je vous avais dit que vos talons ce n'était pas une bonne idée !

Instantanément, Lucy fit voler ses chaussures. Elle les ramassa dans une main, puis elle serra son ombrelle dans l'autre, avant de partir au

[1] Achevé en 1847, ce mausolée fut érigé par les Anglais en l'honneur d'un Français, le comte de Malartic, décédé près de cinquante ans plus tôt. Surnommé le « Sauveur de la Colonie », cet officier, gouverneur militaire de Port Louis, évita à l'île les désordres qui, suite à l'abolition de l'esclavage, se produisirent dans les Antilles.

sprint. L'Écossais de quarante ans eut bien du mal à la suivre. *Décidément, cette petite a des ressources !* s'étonna-t-il.

À peine les enquêteurs eurent-ils tourné à droite, qu'ils aperçurent un pickup Ford de couleur noire qui démarrait en trombe. Soulevant un nuage de poussière, le véhicule dépourvu de plaque d'immatriculation vrombit, et il s'élança vers la sortie. En quelques secondes, le 4x4 traversa la piste, rejoignit l'avenue, puis il disparut dans les rues étroites, bordées de grands immeubles, qui descendaient vers le centre-ville de Port Louis.

Haletants et couverts de sueur, Archie et Lucy peinèrent à reprendre leur souffle. Désappointés, ils échangèrent un même regard d'impuissance.

La jeune femme fut alors la première à tenter de retrouver son sens de l'humour. Elle déclara :

– Bien... Je crois que la dernière course est partie sans nous.

– En effet, le cheval Casimir a filé au triple galop ! soupira Sweeney.

Désobéissance

Dimanche soir

– Entrez !

Perdue dans ses pensées, Lucy sursauta. Elle contempla la grande porte en bois, peinte en bleu, qui donnait accès au bureau de son supérieur, le commissaire Krishna Madhoo.

Sous la varangue du vaste bâtiment colonial soufflait un vent rafraîchissant. Située dans Deschartres Street, Line Barracks s'étalait en plein cœur de Port Louis sur près de vingt-six acres. Derrière ses imposants murs noirs chargés d'histoire, l'ancienne caserne avait abrité les garnisons française puis britannique, ainsi que leurs gouverneurs militaires respectifs. Après avoir résisté à l'usure des siècles, aux incendies, aux cyclones et aux inondations, le site était devenu un lieu étrange, comme hors du temps, une enclave de tradition résistant à la modernité criarde des immeubles du Caudan, dressés à deux pas sur le front de mer.

À chaque fois qu'elle franchissait le porche d'entrée surmonté de la devise *Loyally we serve*, la jeune inspectrice ne pouvait s'empêcher de ressentir une grande fierté d'appartenir à l'unité d'élite de la *Central Investigation Division*. Accessoirement, il était aussi bien pratique de pouvoir bénéficier d'une place de parking au sein de la caserne. En effet, le stationnement dans la capitale – un vrai casse-tête – constituait, au même titre que les courses de chevaux, un autre sport national !

Après avoir garé son véhicule, Lucy traversa l'ancienne place d'armes, une grande esplanade accablée de soleil et protégée du vent par ses remparts sombres, qui se transformait vite en fournaise. D'ordinaire, l'enquêtrice y croisait une multitude de constables, ses collègues en uniforme, dont la quasi-totalité étaient hindous. En outre, puisque tous ou presque étaient des hommes, l'inspectrice, en sa qualité de femme, de métisse et de policière en civil, ne se sentait pas forcément à sa place. Parfois, les regards appuyés des agents, qui lorgnaient son maquillage, sa silhouette ou ses jambes nues, pouvaient lui donner l'impression d'être l'une de ces prostituées qui sévissaient dans les ruelles alentour.

Après avoir réprimé un frisson, Lucy entendit un nouveau « Entrez ! » lui sonner aux oreilles. Cette fois, la jeune femme cessa de réfléchir, puis elle repoussa la porte de son supérieur.

Lorsque la policière pénétra dans le bureau du commissaire, elle trouva la pièce trop étroite pour son occupant. En effet, avec une taille de deux mètres, un poids de cent quarante kilos et une encolure de taureau, Krishna Madhoo emplissait l'espace à lui seul. La cinquantaine passée, les tempes grisonnantes sous d'épais cheveux bruns coupés en brosse, cet ancien pilier de rugby, qui avait longtemps porté le maillot de l'équipe nationale, était une force de la nature. Les yeux larges et perçants, le nez prononcé et la mâchoire plus large que celle d'un requin-baleine, l'officier en imposait physiquement à tous ses subordonnés. Moralement aussi : bourreau de travail, intègre et franc, il avait toujours su résister à la valse des gouvernements dans un poste pourtant très exposé politiquement. Cette endurance forçait l'admiration, non seulement de ses inspecteurs, mais aussi celle de ses concurrents directs. Le commissaire était devenu l'une de ces collines massives qui veillent sur Port Louis et qui, imperturbables, traversent les époques.

Dès que l'enquêtrice avança, l'homme-montagne se leva. Instantanément, Lucy eut l'impression de rapetisser. Son supérieur portait l'un de ces élégants costumes italiens taillés sur mesure dont il raffolait. Souvent, elle s'était dit que dans le seul tissu de sa veste, elle aurait pu se tailler une tente de camping !

Après lui avoir adressé un regard hautain, l'officier fit gronder sa voix de stentor pour lui ordonner en anglais :

– Asseyez-vous, Miss Fourstripes. Vous n'allez pas rester debout... Et veillez à croiser les jambes : vous êtes court vêtue aujourd'hui.

Aussitôt, Lucy rougit. Elle tira maladroitement sur sa robe, prit place, puis elle déposa son ombrelle à même le sol. Enfin, après s'être tournée de côté, elle posa les mains bien à plat sur les cuisses. *J'ai l'air d'une petite fille*, se reprocha-t-elle, agacée.

Tandis que le commissaire s'asseyait à son tour, écrasant le coussin d'un vieux fauteuil en cuir, Lucy sentit le ventilateur du plafond agiter ses cheveux puis, sur son visage, le souffle léger d'un second appareil dressé sur la droite du bureau. Krishna Madhoo, lui, colla ses poings sur les hanches comme s'il s'apprêtait à entrer en mêlée. *On dirait qu'il va me sauter dessus*, s'inquiéta sa subordonnée. *Ce n'est pas bon signe.*

En effet, le patron de la CID démarra au quart de tour. Il lui dit :

– Bon, depuis votre coup de fil de tout à l'heure, la situation a déjà bien évolué.

Puis il ironisa :

– Est-ce que vous êtes calmée ? Vous avez fini de hurler ?... Bref, le paysage s'est éclairci.

– Alors ? s'impatienta Lucy.

– Alors ?... Alors vous laissez tomber.

– Quoi ? Je ne comprends pas.

– Vous allez vite comprendre : ce Laviolette, son frère, ou bien ce Casimir qu'on a embarqué sous vos yeux, vous oubliez. *Vous* laissez tomber. *Je* laisse tomber. *Tout le service* laisse tomber.

– Mons… Monsieur, bredouilla l'inspectrice, je ne suis pas sûre de vous suivre.

– C'est pourtant simple, mon petit. Officiellement, vous n'êtes en charge que de l'enquête sur la mort de ce Jean-François. Nous sommes bien d'accord ?

– Euh oui, concéda-t-elle.

– Alors, vous vous concentrez là-dessus, et vous oubliez tout le reste. D'ici vendredi, je veux votre rapport, là, sur mon bureau. Vous conclurez à un suicide ou à un accident, comme vous voudrez, mais vous en resterez là. Puis vous classerez l'affaire. Ensuite, vous pourrez réintégrer votre *team* d'enquêteurs et tourner la page.

Abasourdie, la jeune femme resta muette. Son supérieur en profita pour enchaîner :

– J'ai déjà appelé la scientifique à Rose Hill. Je leur ai donné les mêmes consignes : eux aussi doivent conclure dans la semaine. Leur rapport ira dans le sens du vôtre, à savoir chute accidentelle ou suicide. Point final.

L'instant suivant, l'imposant commissaire se pencha en avant et, tapant de son index plus large qu'un barreau de chaise sur la table, il ajouta :

– Ici : je veux voir votre rapport arriver ici avant vendredi. S'il arrive plus tôt, c'est encore mieux. Est-ce que c'est compris, Miss Fourstripes ?

Ignorant l'apparente dureté du ton de son supérieur, l'enquêtrice se mit à réfléchir. De toute évidence, quelque chose de grave et d'inhabituel se tramait. Lâcher une affaire en cours, ou bien plier aussi facilement, n'était pas dans les habitudes du patron. L'ancien pilier de rugby était plutôt du genre à gratter le ballon avec les dents, même dans les mêlées les plus houleuses. Non, céder en rase campagne ne lui ressemblait pas, estima Lucy.

En observant le visage de Miss Fourstripes, Krishna Madhoo sentit que celle-ci ne quitterait pas son bureau tant qu'elle n'aurait pas obtenu plus d'explications. Depuis deux ans, le commissaire avait appris à connaître – et à apprécier – la néo-Mauricienne. Accrocheuse comme une teigne, intuitive et méthodique, la jeune métisse s'était vite révélée comme l'un de ses meilleurs éléments. Toutefois, l'officier veillait à ne jamais lui manifester son estime de façon trop évidente. En effet, s'il voulait parvenir à garder le contrôle de cette enquêtrice au tempérament volcanique, il devait s'efforcer de la tenir « rênes courtes ». Par ailleurs, il s'appliquait à la traiter plus durement que ses collègues masculins, surtout en leur présence. Mais c'était avant tout pour que ces derniers ne puissent pas soupçonner que sa préférence allait vers la benjamine de la division. Sa rugosité vis-à-vis d'elle n'était finalement qu'un artifice visant à la protéger. Puisqu'elle était la seule femme au sein de son service, Madhoo savait que ses équipiers lui rendraient la vie impossible au moindre signe de favoritisme de sa part.

Constatant la détermination de Lucy à en savoir plus, le commissaire décida de tomber provisoirement le masque. Il lui déclara :

– Miss Fourstripes, en réalité, vous êtes en danger.

– Pourquoi dites-vous ça ? À cause de l'enlèvement dont je viens d'être le témoin ?

– Oui, en partie… Écoutez-moi : tout à l'heure, c'est le patron du renseignement national qui m'a téléphoné. Je ne m'y attendais pas… Lorsque je lui ai raconté la scène à laquelle vous aviez assisté, j'ai vite compris qu'il savait déjà tout.

– Vous plaisantez ?

– Absolument pas. Il était au courant de tous les détails : que le type s'appelait Casimir, que trois malabars lui étaient tombés dessus, et que vous lui filiez le train depuis les tribunes… Bref, vous étiez suivie.

– Incroyable… soupira Lucy.

– Mon collègue des renseignements m'a expliqué que son service prenait le relais dès à présent. Ce sont eux qui vont traiter cet enlèvement. Clairement, on vient de nous mettre sur la touche. Et si nous en sommes là, c'est que l'affaire est très sensible. C'est grave, Lucy. Le morceau est manifestement trop gros pour nous. *Game over* !

Sidérée, l'enquêtrice lâcha un simple :

– Quoi ?

– Allez-vous comprendre à la fin ? s'énerva Madhoo. Nous sommes dessaisis. Pas officiellement bien sûr, mais c'est tout comme. Si j'avais fait mine de protester, vous pouvez être certaine que le prochain qui m'appelait, c'était le ministre en personne pour me signifier ma mise à pied ! D'ailleurs, j'en connais deux ou trois à qui cette nouvelle ferait plaisir. Même s'ils sont plus jeunes que moi, mes rivaux ont les dents qui raient le parquet. Ils seraient trop heureux de prendre ma place. Cependant, en raison de leur profil plus qu'ambigu, il serait préférable pour le pays que je conserve mon poste le plus longtemps possible. Je dois demeurer diplomate, slalomer entre les obstacles. C'est important pour Maurice.

Lucy commençait à prendre la mesure de la situation. Elle demanda :

– Commissaire, est-ce que vous croyez que je suis vraiment menacée ? Vous êtes sérieux ?

– Tout à fait, Miss… Tiens, tant que j'y pense, veillez à prévenir le rouquin, celui qui vous accompagnait sur le Champ de Mars, que lui aussi risque sa peau désormais.

La policière sursauta. Aucun doute, quelqu'un les avait bel et bien espionnés.

Krishna Madhoo ajouta :

– Demain lundi, restez à la maison. « *Res lakaz* », comme on dit chez nous. Je vous offre un jour de congé. Profitez-en pour vous changer les idées et oublier tout ça… Est-ce que vous avez compris cette fois ?

Dans le regard de son supérieur, Lucy crut discerner une lueur d'inquiétude. Mais l'officier retrouva toute la dureté de son visage pour lui rappeler :

– Bon, vous avez cinq jours pour me remettre votre rapport. Le plus tôt sera le mieux. Puis ce dossier sera immédiatement classé, comme celui du légiste… Allez, je ne vous retiens pas. Passez une bonne soirée, Miss Fourstripes. Vous connaissez la route ? et il lui désigna la porte dans son dos.

Moins de vingt secondes plus tard, l'enquêtrice était de retour sous l'immense varangue du *Police Headquarters*. Abasourdie, les yeux rivés sur ses pieds qui jouaient avec la pointe de son ombrelle, la jeune femme peinait à canaliser sa réflexion.

Soudain, une voix masculine la tira de ses pensées :

– Lucy, qu'est-ce que tu fais là ?

Son collègue, l'inspecteur Jasheel Roopun, surgit derrière elle. La jeune femme se retourna : le front barré par une mèche de cheveux bruns, les yeux noirs, le nez fin, les lèvres surmontées d'une petite moustache et la peau délicieusement cuivrée, le policier de vingt-huit ans portait une chemise blanche ouverte, ainsi qu'un pantalon de toile légère. Ce beau gosse, qui aurait pu prétendre aux rôles de jeune premier à Bollywood, dissimulait sa sensibilité, ainsi qu'une âme romantique, sous ses airs blasés de flic endurci. En tout cas, c'était ce que pensait Lucy. Avec le vent soufflant dans sa direction, l'inspectrice huma les effluves qui émanaient de son collègue. *Il sent bon. Un jour, il faudra que j'ose lui demander le nom de son parfum*, se surprit-elle à songer. Mais elle se ressaisit et réalisa qu'en raison de la cour à peine discrète que lui faisait Jasheel depuis deux ans, mieux valait encore que ce dernier appartienne à un *team* différent du sien.

Lorsque le jeune homme fut à sa hauteur, Lucy lui répondit enfin :

– Je ne fais rien… Je veux dire, rien d'important. Je sors de chez le patron… Et toi ? Est-ce que ton équipe est sur un coup ?

– Non, même pas. Tu sais comment ça se passe : ce sont toujours les plus jeunes qui doivent se taper la paperasse. Il y avait une montagne de dossiers à enregistrer, alors j'ai dû venir travailler un dimanche.

– Ayo, je vois. Ça m'est arrivé à mes débuts. J'ai aussitôt protesté, et les gars n'ont plus jamais osé me l'imposer.

– Tu as des arguments que je n'ai pas, insinua-t-il en observant sa silhouette… J'allais chercher un café. Est-ce que tu m'accompagnes ?... Tu es très en beauté aujourd'hui, ajouta-t-il.

Instantanément, la jeune femme rétorqua :

– Pourquoi ? Parce que j'ai l'air d'un sac les autres jours ?

Désarçonné par sa réplique, Jasheel Roopun baissa les yeux. Le garçon n'était pas le premier à se soumettre à la voix grave et à l'autorité naturelle de la belle métisse.

Cependant, à peine Lucy eut-elle lâché sa phrase qu'elle la regretta instantanément. Elle pensa : *Mon dieu, pauvre Jasheel. Pourquoi est-ce que je le remballe toujours de la sorte ? En fait, je crois qu'il voulait juste me faire plaisir. C'est vrai, il ne m'a jamais manqué de respect*, réalisa-t-elle. Avant de comprendre : *Je crois que la froideur que je lui manifeste me sert de carapace. J'essaie de ne rien lui montrer, un peu comme le commissaire Madhoo avec moi. C'est ma façon de masquer mes véritables sentiments.*

Afin d'essayer de se rattraper, Miss Fourstripes précisa :

– Tu sais, j'ai fini ma journée. J'allais rentrer pour profiter du reste de mon week-end.

– Oui, je comprends. Alors, à demain ?

– Demain ? Ça ne risque pas. Je ne travaille pas… Allez, bye ! lui lança-t-elle et, après lui avoir adressé un signe de la main, la jeune femme partit en direction du parking sans se retourner.

Les yeux fixés sur sa collègue, l'inspecteur Roopun admira son magnifique déhanchement chaloupé. Tandis qu'elle s'éloignait, Jasheel sourit. Animé par un optimisme incroyable, il finit par se dire : *Un jour, j'en suis sûr, je l'épouserai !*

*

Lundi matin, neuf heures

Les cheveux à peine brossés, Lucy avait enfilé un peignoir de satin blanc. Assise sur le balcon de sa maison en bois bleu de Vacoas, elle sirotait, pensive, un café de Chamarel qu'elle avait trop sucré. Environnée par trois fauteuils en osier, elle reposa sa tasse au milieu d'une table ronde recouverte par un cercle de verre transparent. Jus d'orange, pomme et céréales, le petit déjeuner traditionnel de Mademoiselle Fourstripes allait pouvoir commencer. Cette routine quotidienne l'apaisait, autant qu'elle la rassurait.

De part et d'autre de sa demeure de style colonial au toit bordé de lambrequins, sévissaient deux familles d'origine indienne. À gauche, le fils Goojha, âgé de vingt ans, avait la détestable manie de n'écouter sa musique qu'à partir de vingt-deux heures. Et conformément aux mœurs locales, le garçon appréciait les volumes… élevés ! Ce qui étonnait le plus la jeune femme, c'était qu'elle semblait être la seule voisine à s'en plaindre… À droite, c'était en journée que la famille Sookaye s'en donnait à cœur joie : jouant de la perceuse, de la meuleuse, de la scie sauteuse, et même du marteau-piqueur, les hommes du clan n'en finissaient plus de construire ce deuxième étage qui, un jour peut-être, accueillerait Arzina la fille aînée, ainsi que Akshay son fiancé. Déjà deux années que ce chantier poussiéreux et bruyant pourrissait la vie des habitants du quartier. Et puisque, pour se marier, les jeunes gens disaient vouloir attendre que leur nid d'amour soit prêt, Lucy guettait avec impatience le jour béni où les bans de la noce seraient enfin publiés !

En face, de l'autre côté de la rue, se trouvait un vaste bâtiment blanc où cohabitaient les sièges administratifs de plusieurs entreprises. A priori plus calme, le site ne dérogeait pourtant pas à la malédiction sonore qui accablait Lucy. En effet, au milieu de la cour se dressait un badamier de grande taille dont, à la belle saison, les fruits lourds venaient s'abattre violemment sur la tôle du toit, provoquant à chaque impact un bruit comparable à un coup de feu ! Évidemment, la nuit n'empêchant pas les noix de tomber, la policière avait fini par prendre l'habitude de dormir en se collant une paire de bouchons dans les oreilles…

Au même moment, un scooter pétaradant remonta la rue en direction de Phoenix. *Décidément*, se dit Lucy, *il faudra que je me décide à déménager un jour. Ce vacarme des villes finira par me rendre folle*, et, pour se calmer, elle but une nouvelle gorgée de café. Heureusement, la vue sur son propre jardin parvint à lui procurer un peu d'apaisement. Dans cet univers de béton, où sa maison créole faisait figure d'exception, cette enclave de verdure était entretenue depuis plus de vingt ans par Naushad, son jardinier. Cet écrin multicolore constituait à lui seul une oasis de sérénité. Créé, ciselé, réinventé inlassablement par son fidèle maître d'œuvre, cet espace paradisiaque abritait bananiers, bougainvilliers, pinces de crabes, frangipaniers roses et blancs, un magnifique flamboyant, ainsi que deux cocotiers. Par sécurité pour la voiture de sa patronne, Naushad avait tracé sur le sol des marques de stationnement qui permettaient de préserver son véhicule de la chute imprévisible et dangereuse des noix les plus imposantes. L'allée s'avérant étroite, il arrivait que les plus menaçantes d'entre elles s'écrasent à quelques centimètres à peine du capot !

Soudain Fred Astaire, dans son style souple et léger, fit un bond sur la table du petit déjeuner. Dans un entrechat subtil, le félin pivota sur la droite, s'assit délicatement puis, à son tour, il se mit à contempler le jardin, le dos tourné à sa maîtresse. Régulièrement, sa queue battante venait fouetter le verre empli de jus d'orange.

– Fred Astaire, fais attention ! le gronda Lucy, mais elle se contenta de lui caresser les oreilles. Curieusement, le chat ne broncha pas, donnant à la jeune femme l'impression qu'il la boudait. Celle-ci se demanda : *Eh bien quoi ? Est-ce qu'il est fâché ? Ou alors, est-ce qu'il sent que je suis agacée ?*, ce qui lui parut l'option la plus vraisemblable.

Quelques instants plus tard, ce furent Naushad et Marietta qui traversèrent le salon à leur tour, pour surgir sur le balcon. Vêtu de son habituelle salopette plongée dans les bottes, le jardinier était arrivé depuis plus d'une heure et il avait déjà ratissé tout le terrain, avant de déclencher l'arrosage automatique. L'employé semblait avoir attendu que la femme de ménage le rejoigne pour rendre une visite inopinée à sa patronne.

– Bonjour Madame, lui dit Marietta, et celle-ci devança Naushad pour aller faire la bise à Lucy.

L'inspectrice remarqua son chignon parfait qui retenait ses longs cheveux bruns, ses lunettes aux montures d'écaille, son chemisier fleuri, ainsi que sa jupe favorite de couleur vert sombre.

Lorsqu'elle l'embrassa, Lucy lui lança :

– Oh Marietta, comme vous sentez bon ! Un nouveau parfum ?

– Oui Madame, lui sourit l'Asiatique. C'est ma fille qui me l'a offert.

– Vous me donnerez le nom, j'adore !

Mais, observant le regard insistant de Naushad, Miss Fourstripes comprit que la visite du duo n'était pas fortuite. En effet, ses deux employés se mirent à échanger quelques phrases dans un créole plus populaire qu'en dépit de ses efforts depuis deux ans, Lucy ne parvenait toujours pas à comprendre parfaitement.

Surprise par leurs cachotteries, la jeune femme demanda en plaisantant :

– Eh bien, dites-moi : que me veut cette délégation matinale ? Est-ce que nous avons un problème ?

Son jardinier musulman, les yeux pétillants et le corps vigoureux malgré ses presque soixante ans, mais étonnamment imberbe pour un pratiquant fervent, lui répondit :

– C'est à vous de nous le dire. Madame. Nous sommes lundi. Vous devriez être au travail, n'est-ce pas ? Est-ce que vous êtes malade ?

– Avez-vous appelé le docteur ? insista Marietta.

– Ayo, je vois ! leur sourit Lucy. Désolée, je n'avais pas fait attention à la date… Non, tout va bien. Allez, je vous dois une petite explication. Asseyez-vous.

Impatients d'écouter le récit de leur patronne, Marietta et Naushad s'installèrent à ses côtés. C'est à peine si Fred Astaire détourna la tête.

L'enquêtrice leur proposa :

– Un café ?

Gênée, la femme de ménage répliqua :

– Non, Madame. Merci. C'est gentil, mais ça ne se fait pas.

– Ah ?... Bon, comme vous voudrez. Je peux ? enchaîna-t-elle, et Lucy but une gorgée du savoureux liquide noir.

Puis elle leur annonça :

– Allez, je vais vous raconter mes aventures du week-end…

En dix minutes, la policière leur narra la découverte du cadavre au Morne, sa rencontre avec un célèbre inspecteur écossais, l'enlèvement survenu aux courses la veille et, pour finir, le mystérieux avertissement donné dans son bureau par le commissaire Madhoo.

– Le bon côté des choses, conclut-elle dans un sourire, c'est que je peux profiter de mon lundi !

– Et le rapport qu'il veut que vous rédigiez, est-ce que vous allez le rendre ? la questionna Marietta.

– Je crois que je n'ai pas le choix… Si j'ai le temps, et surtout l'envie, je l'écrirai dès cet après-midi. Le temps de le relire une ou deux fois, et il sera prêt demain… Oui, je vais m'en débarrasser aussi vite que possible.

Naushad et sa collègue se dévisagèrent. Ces deux-là se connaissaient tellement bien qu'ils n'avaient plus besoin de parler pour se comprendre. D'un simple signe de tête, le jardinier fit savoir à Marietta qu'il était d'accord avec elle et, changeant de langue, il demanda à sa patronne dans un anglais sans accent :

– Quelle sera la conclusion de votre rapport ? Est-ce que vous allez obéir ? Est-ce que vous allez faire ce que l'on vous dit ?

Brusquement, comme s'il avait accompli sa mission, Naushad fit un nouveau signe à Marietta, puis tous les deux se levèrent pour retourner vaquer à leurs occupations respectives. Étonnée, Lucy les vit s'éloigner l'air satisfait, comme si leur opération commando avait parfaitement fonctionné.

La jeune femme songea : *Ils sont bien gentils, Laurel et Hardy ! Moi qui croyais qu'ils étaient venus me réconforter, en réalité, ils sont juste parvenus à me faire douter. C'est malin, ça...* Miss Fourstripes finit de vider sa tasse, puis elle se dit encore : *Qu'est-ce qu'ils imaginent ? Je voudrais les voir, eux, face à Madhoo. Avec lui, on ne discute pas. On obéit, point final !*

À cet instant, Fred Astaire se retourna. Comme s'il lisait dans les pensées de sa maîtresse, il lui lança un regard où l'on semblait deviner : « Je vois bien que tu t'apprêtes à baisser les bras. Pff ! »

Agacée, Lucy parla à son chat :

– Ah non, tu ne vas pas t'y mettre toi aussi !

Désabusé, le félin lui adressa l'une de ces moues dédaigneuses dont il avait le secret, avant de sauter de la table et de partir en se dandinant.

Définitivement vexée, la jeune femme s'écria à voix haute :

– Ayo ! Où est mon téléphone ?

Dès qu'elle se fut emparée de l'appareil, et après qu'elle eut attendu que le bus bleu de la *National Transport Corporation* ait fini de répandre bruit et fumée dans la rue, elle composa le numéro de son interlocuteur…

…Allongé sur une table de massage de l'hôtel Shanti, somnolant à demi, Archibald Sweeney savourait un moment d'une douceur absolue au milieu d'un jardin zen subtilement agencé. Fontaines, bruits d'eau, petits ponts en bois et massifs exotiques, faisaient de ce site consacré au bien-être un lieu magique… Entre les mains d'une masseuse vietnamienne à la technique balinaise assez vigoureuse, la séance s'annonçait pourtant délicieuse. Mais alors que la praticienne venait de finir de lui malaxer les jambes, la sonnerie d'un téléphone retentit dans la poche de son peignoir suspendu. Dépité, le touriste britannique songea : *Quel idiot, j'ai oublié de l'éteindre !*

Avant même d'avoir pu demander à la masseuse de bien vouloir détruire cet engin du diable, si possible à coups de talon rageurs, celle-ci lui tendit l'objet en disant :

– Un appel, Monsieur.

Peinant à décoller son visage du support où il était profondément engoncé, puis après avoir pivoté sur la hanche, Archie saisit enfin le téléphone. Acceptant l'appel, il entendit soudain :

– Inspecteur, je vous dérange ?

– Lucy ? Qu'est-ce qu'il y a ?

D'une voix nerveuse, sa jeune collègue lui expliqua en quelques mots sa désillusion de la veille, l'ultimatum de son supérieur, puis son étonnement face à cette procédure tout à fait inhabituelle. Aussi surpris qu'elle, Sweeney fit l'effort de se redresser puis de s'asseoir sur le bord de la table.

La masseuse, masquant sa déception derrière un sourire poli, s'éloigna avant de faire semblant d'aller ranger ses produits dans le fond de la pièce.

– Bon, reprit l'Écossais, et vous ? Quel est votre sentiment ? À votre avis, qu'est-ce que l'enlèvement de ce simple pêcheur pourrait cacher de beaucoup plus sérieux ? C'est étrange… Par ailleurs, on ne sait toujours pas ce qu'est devenu le frère Laviolette. N'est-ce pas ?

Après avoir marqué un silence, Miss Fourstripes répondit :

– Précisément, je ne sais pas quoi en penser. Vous qui avez l'habitude de ces cas complexes, que feriez-vous à ma place ?

– L'habitude ? répéta-t-il. C'est un bien grand mot. Disons que oui, c'est vrai, j'ai déjà connu des choix de type cornélien. Paradoxalement, obéir aux ordres n'est pas toujours l'option la plus confortable.

Réfléchissant brièvement, l'inspecteur finit par sourire et il répliqua :

– Miss, si vous avez pris la peine de m'appeler ce matin, je me doute que c'est parce que vous avez déjà fait votre choix. Je me trompe ?

Amusée, Lucy expliqua :

– Disons que j'étais curieuse de savoir ce que vous aviez prévu de faire aujourd'hui. Une autre randonnée, plus calme cette fois, ou bien… hésita-t-elle.

Avant de demander soudain :

– Archie, est-ce ça vous dirait de venir avec moi à Plaine Champagne ?

Head over Heels !

Lundi, fin de matinée

– Suivez-moi !

Sans hésiter, les inspecteurs Lucy Fourstripes et Archibald Sweeney emboîtèrent le pas à l'homme qui les accueillait dans l'enceinte du centre équestre de Plaine Champagne, à près de cinq cents mètres d'altitude.

De petite taille, de type malgache et la moustache finement taillée, Monsieur Jules, la silhouette droite et dynamique, dégageait dans ses allures la dignité de ceux qui, partis de rien, ont tout de même fini par réussir. Après avoir débuté comme lad, puis avoir connu une carrière de jockey couronnée par des centaines de victoires, Jules Laviolette était devenu l'entraîneur de ces chevaux de course qu'il connaissait par cœur. Depuis cinq ans, il dirigeait dorénavant le centre de quarantaine de Saint Denis. Son parcours hors normes se traduisait dans sa tenue vestimentaire : chaussé de mocassins beiges surmontés d'un élégant costume de flanelle, le sexagénaire couvrait ses cheveux blancs d'un ample panama au bandeau rouge. Dans son sillage, Sweeney songea : *On dirait un vieux sage cubain. J'imagine bien l'oncle Jules fumant le cigare, assis sur un banc du Malecon à La Havane, ou bien remontant le front de mer au volant de l'une de ces « Belles Américaines » des années 1950. Mais peut-être qu'il en possède une !* pensa-t-il, amusé.

Détournant la tête, l'homme demanda aux policiers dans un anglais irréprochable :

– Est-ce que vous étiez déjà venus ?

– Pour ma part, aucune chance ! plaisanta l'Écossais. Mon avion s'est posé à Maurice voilà trois jours. C'est mon premier séjour sur l'île.

Puis il ajouta :

– Félicitations pour votre anglais, Monsieur Jules. Il est parfait.

– Merci... Je travaille au quotidien avec l'Afrique du Sud ou les Émirats du Golfe. Ce sont eux qui nous envoient leurs chevaux... Et puis j'ai parlé anglais durant toute ma carrière de jockey. J'ai eu la chance de monter à Durban, ou bien en Australie, mais aussi en Angleterre ou en France. J'ai côtoyé les meilleurs. J'ai gagné des courses sur tous les continents ou presque. J'en suis très fier.

Puis ce fut au tour de Lucy de répondre :

– Je vous avoue que je ne connaissais pas non plus. Bien sûr, j'avais déjà eu l'occasion de visiter le poste de police qui se trouve un peu plus loin, sur la route de Curepipe, mais je n'avais pas fait attention qu'il existait ici, aussi haut, un centre équestre de cette taille. Vous êtes quasiment accroché à flanc de montagne. Je suis bluffée… D'ailleurs, à quoi sert exactement votre complexe ?

L'ancien entraîneur continua de descendre une route goudronnée plutôt raide, qui longeait une zone technique où s'alignaient camions, pickups, quads ou tracteurs, puis il expliqua :

– Le site est la propriété de Gérard Perven, l'ancien patron du Mauritius Turf Club. Ici, tout appartient à Monsieur Gérard : l'immense chassé qui nous entoure – il arrive que de grands cerfs déboulent sur la piste – ainsi que le restaurant de Saint Denis qui se trouve juste au-dessus de nous. C'est le restaurant le plus haut perché de toute l'île… Il y a peu, son fils Laurent est rentré de France. Son père est en train de lui passer la main. Dorénavant, Monsieur Gérard profite de la vie. Il adore lire son journal ou bichonner ses arbres endémiques… Tiens, voilà ma maison, indiqua Jules en passant devant une demeure simple et fleurie, postée à la sortie de la zone technique.

Poursuivant d'un pas alerte, le manager du centre guida ses invités vers un groupe de bâtiments de couleur verte aux dimensions impressionnantes.

– Qu'est-ce que c'est ? l'interrogea Lucy.

– C'est immense ! apprécia pour sa part son homologue.

Monsieur Jules précisa :

– Nous pouvons accueillir jusqu'à soixante-douze chevaux. Leurs boxes, ainsi que tous les équipements nécessaires pour les panser, se trouvent à l'intérieur de ces hangars… Tout à l'heure, vous me demandiez à quoi nous servions, Mademoiselle : en fait, la plupart des propriétaires nous confient leurs jeunes champions pour qu'en quatre-vingt-dix jours, nous les rendions *ready to run* (1). Lorsqu'ils sont suffisamment aguerris pour disputer leurs premières courses, ou bien des épreuves d'endurance en Arabie, ils repartent alors vers leurs pays d'origine. Quelques-uns seulement resteront à Maurice.

Épaté par la taille et la modernité des installations, le duo d'enquêteurs continua de suivre l'homme au panama. Après avoir négocié un virage étroit, ce dernier leur désigna un étrange tourniquet en disant :

– À droite, nous disposons d'un marcheur. Et puis, un peu plus bas, d'une petite carrière… Enfin devant nous, tout en bas du complexe, voici notre piste. Elle est longue d'environ cinq cents mètres.

Monsieur Jules se retourna pour ajouter :

– Les chevaux sont heureux, ici. En altitude, il fait toujours un peu plus frais qu'à Port Louis. Les conditions d'entraînement sont parfaites. Les jockeys adorent venir monter chez nous. Ça les change de la fournaise des villes.

---

(1) Prêts à courir.

Impatient de rentrer dans le vif du sujet, Sweeney demanda à son guide :

– Et vous, Monsieur ? Est-ce que vous êtes heureux ici ?

L'oncle Jules stoppa net pour lui faire face. Puis il rétorqua, la mine grave :

– Ces derniers jours, beaucoup moins.

Soucieux, il baissa la tête avant de déclarer :

– Venez, nous allons descendre jusque sur la piste. Ce que j'ai à vous raconter est très sensible. Nous serons plus en sécurité là-bas.

Le vieil homme pivota et il reprit la direction du ruban de sable en contrebas.

Derrière lui, Lucy songea : *Je lui trouve l'air bien mystérieux. À n'en pas douter, l'affaire est sérieuse. Dans quel engrenage diabolique les frères Laviolette et James Casimir ont-ils bien pu fourrer le doigt ?*

Tout à coup, on perçut des bruits de sabots qui se rapprochaient. Deux jockeys casqués, bien emmitouflés, filaient au trot enlevé sur la selle de leur pur-sang. Juste avant de dépasser les trois promeneurs, les cavaliers lancèrent au manager :

– Hello, Jules ! *Ki manier* ?

– Bonjour Allan, bonjour Claig… Doucement avec ces deux-là. C'est leur première semaine ici. Avec l'orage de la nuit dernière, ils n'ont pas beaucoup dormi. Ne les poussez pas trop !

– Pas de souci, tonton. On sera prudents, répondit le jockey le plus à gauche, puis le duo passa au galop avant de poursuivre sa descente.

Souriant, Monsieur Jules dit aux policiers :

– Des Sud-Afs. Très sympas tous les deux et respectueux des animaux. Je les aime bien.

Quelques dizaines de mètres plus bas, le sexagénaire invita les visiteurs à l'imiter en s'accoudant sur la rambarde blanche qui bordait la piste. Par réflexe, le manager du centre fixa son attention sur les cavaliers qui venaient de lancer leur monture à un train plus soutenu, jugeant d'un œil professionnel l'état de forme et l'allure des chevaux.

De leur côté, Archie et Lucy furent plus sensibles au paysage somptueux qu'ils découvraient.

– Magnifique ! lâcha l'Écossais.

– Wow, incroyable. Quelle vue ! renchérit sa collègue.

Flatté par leur appréciation, leur hôte se redressa pour déclarer :

– Oui, c'est vrai. C'est peut-être l'une des plus belles vues de Maurice… De gauche à droite, on distingue le rocher du Morne, le piton Canot, l'océan puis, tout à droite, le piton de la Petite Rivière Noire, le point culminant de l'île.

– Et toutes ces forêts, ajouta Lucy. Je ne regrette pas le déplacement.

L'oncle Jules précisa encore :

– Plus bas, vous apercevez le village de Chamarel : la grande cheminée orange de la rhumerie, ainsi que le parc naturel avec sa cascade ou encore la Terre des Sept Couleurs [1].

– Cet endroit est vraiment magique, insista la jeune femme, l'ombrelle appuyée contre son épaule. Maurice, ce sont aussi des montagnes à couper le souffle. Si je quitte Vacoas un jour, je crois que je viendrai vivre ici.

– Il n'y a pas beaucoup de maisons disponibles, précisa l'homme. Je mesure la chance que j'ai de pouvoir habiter ce petit paradis.

Se tournant vers l'Écossais, il lui demanda :

– Et vous, est-ce que vous savez ce que le grand auteur Mark Twain écrivit un jour, lorsqu'il visita l'île au XIXe siècle ?

– Hem, il me semble l'avoir lu dans l'avion, mais je ne m'en souviens plus exactement.

– « Dieu commença par créer Maurice, puis il s'en inspira pour le paradis », lui déclara fièrement Monsieur Jules.

Avant de plaisanter :

– Pour une fois qu'un Américain ne dit pas une c...rie !

Amusé, Archibald sourit sous sa barbe, tout en continuant à contempler le spectacle de la montagne.

Brusquement soucieux, le manager se retourna. Scrutant le ciel, il dit :

---

[1] Curiosité géologique naturelle, la Terre des Sept Couleurs se situe dans une clairière qui présente sept variations de teintes oscillant entre l'ocre, le marron, le rouge et le violacé.

– Les nuages qui montent depuis l'est ont l'air menaçant. Il va bientôt pleuvoir. Venons-en à l'essentiel.

De nouveau accoudé, Jules quitta les chevaux du regard et, la mine renfrognée, il expliqua aux enquêteurs :

– Je dois vous avouer que je suis très inquiet. Si je vous ai demandé de venir, c'est parce que je suis sûr que ce sont « eux » qui ont fait du mal à Jean-François. Je pense que vous pouvez nous aider. Mais ce sera compliqué… En demandant à James de vous donner rendez-vous, j'espère que je ne me suis pas trompé… À ce propos, savez-vous s'il a pris l'avion pour Rodrigues ? J'ai beau l'appeler, il ne répond toujours pas. Sa famille m'a dit qu'elle ne l'avait pas vu arriver. Vous avez de ses nouvelles ?

Instantanément, Lucy comprit qu'elle devait masquer son émotion. Préférant mentir pour ne pas inquiéter l'ancien, elle répliqua :

– Comment ? Non, je ne sais pas… En effet, si vous n'avez plus de nouvelles, c'est étrange. Espérons qu'il vous téléphonera bientôt.

Afin de détourner l'attention du manager, elle enchaîna :

– Sinon Antonin, le frère de Jean-François, que devient-il ? Savez-vous où nous pouvons le rencontrer ?

Ce fut au tour de l'oncle Jules de jouer la comédie. Baissant les yeux, il se contenta de répéter :

– Tonio ? Si je sais où le trouver ?

Puis il observa de nouveau le galop des chevaux et se tut. Aussitôt, les deux policiers comprirent qu'ils n'en apprendraient pas plus. La confiance du sexagénaire était loin d'être gagnée. Toutefois, le petit homme au costume beige les surprit. D'un coup, il tourna la tête vers eux et leur lança :

– Demain matin, neuf heures. Soyez à Mahébourg.

– Quoi ? s'étonna Sweeney. Le jeu de piste continue ?

– Ce n'est pas un jeu, protesta l'ancien. Je crois que vous ne vous rendez pas compte que c'est votre vie qui est en danger. La vôtre comme la mienne, d'ailleurs. Nous ne sommes que des grains de sable dans cette machine diabolique qui ferait tout pour nous écraser… Il faut essayer de semer ceux qui nous poursuivent. Vous ne savez pas encore à qui vous avez affaire. Moi, si.

À cet instant, les jockeys passèrent à bride abattue. Lucy en profita pour demander confirmation à Monsieur Jules :

– Mahébourg ?

– Où est-ce que ça se trouve, ça, cette fois ? s'agaça son collègue.

– Sur la côte est de l'île. C'est l'ancienne capitale de Maurice au temps des Français. Un grand port avec un très beau lagon, répondit la jeune femme.

– C’est cela même, lui sourit le manager, et il caressa le bord de son chapeau.

Puis ce dernier enchaîna :

– En réalité, je ne m’occupe pas que de chevaux. Dans la famille, je suis celui qui a réussi. Pourtant, gamin, j’étais plutôt mal parti. Au village, tout le monde se moquait de ma petite taille. Même mon père me surnommait « le nain ». Comme je n’étais pas très costaud, je crois qu’il était déçu que je ne puisse pas devenir pêcheur à mon tour. Or, paradoxalement, j’ai fait de mes défauts ma plus grande force. Ma mère a accepté que je devienne lad, puis jockey. J’étais doué, alors tout s’est très vite enchaîné… J’ai gagné de l’argent, beaucoup d’argent. J’ai voyagé, mais jamais je n’ai oublié mon village natal du Morne. Ni ma famille, ni mes amis… J’y retourne souvent. Là-bas, chacun me connaît. Respectueusement, on m’appelle « Monsieur Jules ». Alors, pour aider les jeunes, j’ai décidé de devenir le sponsor du bateau de régate de la communauté. Ce sport, c’est très important pour nous.

– Ah oui, en effet ! apprécia l’enquêtrice.

Elle expliqua à Sweeney :

– Les régates traditionnelles sont une compétition de voile très prisée chez nous.

S’adressant à Jules, elle lui déclara :

– J’ignorais que vous étiez l’un des mécènes.

– Chevaux ou bateaux, j’adore la compétition. C’est dans mon ADN, confessa le sexagénaire.

Avant de préciser :

– C'est avec l'équipage que vous avez rendez-vous demain matin. Neuf heures, soyez à l'embarcadère situé près du monument qui commémore la grande bataille [1]. Pas celui plus au sud, ne vous trompez pas… Si le skipper ne vous aperçoit pas, il s'en ira.

– Quel est le nom de la pirogue ? demanda Lucy.

– « La perle du Morne ». Les garçons voulaient l'appeler « Le dodo », mais je leur ai dit qu'un dodo n'était pas plus apte au vol qu'à la navigation !... Avec ses deux voiles bleue et jaune, vous ne pouvez pas le rater.

– Très bien, nous y serons, confirma la jeune femme. Ensuite ?

– Ensuite ? Ensuite, vous verrez bien… Faites-moi confiance. Vous en saurez beaucoup plus demain matin. Patience.

Détectant l'agacement qui commençait à poindre sur la mine des policiers, Jules se retourna pour encourager les cavaliers :

– C'est bien, les gars. C'est très bien !... Oui, comme ça, pas plus vite… Gardez le même rythme pendant dix minutes !

---

[1] La bataille de Grand Port, qui se déroula en août 1810 dans la baie de Mahébourg, fut la seule victoire navale de Napoléon sur les Anglais. Son nom figure sur l'Arc de Triomphe à Paris.

Dès que les jockeys se furent éloignés dans la courbe, le vieil homme fixa ses interlocuteurs et, l'air grave, il conclut :

– Sauvez Antonin… Faites attention à vous aussi. Mais je vous en prie, sauvez Antonin. J'ai besoin de votre aide. Vous êtes mon dernier espoir.

Les enquêteurs furent émus par le ton de sa voix. Le manager ajouta :

– Avec Ornella sa cousine, Tonio est le seul neveu qu'il me reste. Tous les deux sont un peu comme mes enfants. Maintenant que JF n'est plus là… et, pour retenir ses larmes, Jules Laviolette leva les yeux vers le ciel.

Enfin, constatant que les nuages s'amoncelaient, il proposa aux policiers :

– Je crois qu'il va pleuvoir cette fois. Je vous raccompagne ?

*

Tout en descendant les lacets étroits depuis Plaine Champagne, les deux enquêteurs observaient le paysage sans échanger un mot. Pensif, chacun semblait avoir besoin de réfléchir.

Sweeney fut le premier à rompre le silence. Alors que la voiture passait dans l'ombre d'un arbre du voyageur, il demanda à sa collègue :

– Eh bien, que pensez-vous de cet entretien ? Et surtout de ce nouveau rendez-vous qu'on vient de nous donner ?... L'oncle Jules me paraît fiable.

Est-ce que vous comptez prévenir votre commissaire cette fois ?

Lucy attendit d'être sortie d'une courbe très serrée, pour répondre :

– Je crois que le rapport peut attendre. Madhoo m'a laissé jusqu'à vendredi pour le rédiger. C'est plus de temps qu'il n'en faut… Pourquoi lui parler de nos « promenades » ? Non, il n'en saura rien.

– Vous prenez le risque ? C'est osé, surtout si ça tourne mal… Si vous poursuivez en dépit des menaces de votre patron, de l'inquiétude de Monsieur Jules, de l'enlèvement de Casimir et de la mort de JF, alors c'est que vous avez du cran.

– De votre part, c'est un compliment qui me va droit au cœur, plaisanta-t-elle.

Puis tous les deux se turent afin de prolonger leur réflexion. Comme si elle se parlait à elle-même, Miss Fourstripes dit en regardant droit devant elle :

– Il s'agit d'une affaire exceptionnelle, j'en suis certaine. Ma première… Pour être franche, je suis assaillie par un sentiment étrange… Oui, c'est comme si je devais continuer coûte que coûte, comme si « quelque chose » me demandait de le faire. Je n'avais jamais ressenti ça auparavant.

– Je vous comprends. Je vous envie… J'ai connu ça à mes débuts. Cela peut se produire lorsqu'un cas est si grave qu'il vous dépasse. On peut alors avoir cette drôle d'impression que c'est lui qui vous a choisi pour le résoudre… Félicitations Miss, vous êtes probablement sur votre première grande affaire ! conclut l'Écossais en souriant.

Concentrée, Lucy lui demanda aussitôt :

– Justement, je n'ai aucune expérience de ce genre de situation. Ce n'est pas comme vous… Archie, est-ce que vous accepteriez de m'aider ?

C'était déjà la deuxième fois qu'elle lui posait la question. Son passager resta muet, comme s'il réservait sa réponse.

Comprenant que sa requête l'avait troublé, l'inspectrice changea de conversation. Elle lui proposa :

– Est-ce que je vous ramène au Shanti ?... Nous allons devoir faire un petit détour. La semaine dernière, il a tellement plu que les rivières sont en crue. La voie est submergée au niveau de la Vieille Cheminée, la route qui mène vers Baie du Cap. Je vais passer par l'ouest et Case Noyale. C'est la seule solution pour descendre de la montagne.

– Je suis en vacances. J'ai le temps, pas de souci. Je n'avais rien dit à mon taxi pour le retour. C'est OK. Merci.

– De rien… Ça nous rallongera d'un bon quart d'heure, mais vous ne serez pas déçu. La vue plongeante sur le rocher du Morne et son lagon est absolument géniale.

– Alors ça me dédommagera pour ma randonnée avortée de vendredi. Vous vous souvenez ?

Ma rencontre avec notre ami JF a quelque peu chamboulé mon programme ce jour-là ! ironisa-t-il.

La bonne humeur de son collègue rassura l'enquêtrice sur ses intentions. Probablement que l'Écossais n'allait pas pouvoir s'empêcher de l'épauler dans cette enquête qui, déjà, s'avérait aussi palpitante que mystérieuse. Dorénavant, tous les deux se sentaient liés par cette série de secrets partagés.

Au terme des ultimes lacets, la minuscule Toyota de Miss Fourstripes dépassa l'imposante rhumerie de Chamarel sur la gauche puis, un peu plus bas sur la droite, l'église du village et son toit bleu. Rapidement, les policiers laissèrent derrière eux le dernier restaurant « Le Chamarel » au panorama imprenable, avant de se lancer dans la descente en épingles qui les ramenait vers la côte. Alors qu'ils passaient devant la passerelle du *View Point*, Archie, placé du bon côté de la route, découvrit alors la vue saisissante sur le lagon scintillant du Morne, l'île aux Bénitiers et, plus à droite, la tourelle de Tamarin.

– Magique ! s'exclama-t-il. Un décor de carte postale… Et la couleur de la mer ! Pour obtenir un bleu pareil, je suis sûr que l'office de tourisme l'a photoshoppé, non ?

Par réflexe, Lucy ralentit pour laisser son passager profiter au maximum du paysage. Pointant du doigt vers la droite, elle lui dit :

– Regardez, là, c'est le piton de la Petite Rivière Noire, le sommet de l'île.

– Superbe !

– Vous avez peut-être devant vous le plus beau panorama de Maurice. En tout cas, c'est l'un des plus célèbres… Désolée de ne pas m'arrêter. Avec le détour que je dois faire, je crains d'être en retard. Naushad m'attend. Il a besoin de me parler cet après-midi.

– Ne vous inquiétez pas, je comprends. Je ne manquerai pas de revenir faire quelques photos.

Un peu plus bas, l'inspectrice freina pour négocier une première épingle à cheveux. Mais en sortie de courbe, comme assaillie par un pressentiment, la jeune femme jeta un coup d'œil dans le rétroviseur. Tout à coup, surgissant derrière elle à la vitesse de l'éclair, un pickup noir de marque Ford vint se coller dans son pot d'échappement.

Observant son mouvement de tête, Sweeney se retourna pour constater que le véhicule menaçant ne portait pas de plaque d'immatriculation.

– Ce sont eux ? s'inquiéta aussitôt Lucy.

– Oui, aucun doute, affirma son collègue. Ça risque d'être chaud.

Avant même le prochain virage, le pickup exerça une forte pression sur l'arrière de leur voiture.

– Héé ! Qu'est-ce qu'il me veut celui-là ?

– Accélérez ! lui recommanda Archie.

– Je voudrais vous y voir ! C'est une automatique ! protesta-t-elle.

Toutefois, la jeune femme réagit et elle parvint à prendre deux mètres d'avance.

– Les mêmes qu'hier ? dit-elle encore.

– C'est sûr. Nous sommes en danger. Foncez !

Pendant que Miss Fourstripes faisait crisser ses pneus à chaque changement de direction, Archibald se mit à scruter le précipice vertigineux qui se trouvait sur sa gauche, ainsi que la route étroite et ravinée sur laquelle ils étaient engagés. L'instant suivant, un coup plus violent que le précédent fit monter le stress des deux occupants de la Toyota.

Sentant que le véhicule tirait sur la droite, Sweeney s'écria :

– Qu'est-ce que vous faites ?

– Ils me poussent ! hurla Lucy, terrorisée. Je fais ce que je peux !

En une seconde, l'Écossais comprit que sa jeune collègue n'était pas assez bonne conductrice, et son véhicule pas assez puissant, pour résister bien longtemps au véritable tank qui les assaillait. La conclusion était logique : la Toyota n'avait aucune chance d'arriver au bas de la descente… Puisqu'ils étaient en danger de mort, Archibald contempla par réflexe les buissons, arbres et autres rochers saillants, qui parsemaient la pente abrupte derrière le parapet.

Après avoir avalé sa salive, il cria à la jeune femme :

– Décrochez votre ceinture !

– Quoi ?

– Faites comme moi : ôtez votre ceinture ! et le passager dégrafa la sangle qui retenait son torse.

Immédiatement, un nouveau choc manqua de déporter la Toyota en dehors de la route. Dès qu'elle eut retrouvé la maîtrise du véhicule, Lucy retira une main du volant, puis elle imita son passager.

– On ne peut pas leur échapper. C'est fichu. Préparez-vous !

Sweeney voyait arriver à toute vitesse la prochaine courbe. D'instinct, il sut qu'ils ne la franchiraient pas. Il lança à Lucy :

– Je vais dire « Ouvrez, sautez », et vous allez le faire.

– Jamais de la vie ! Vous êtes fou ?

– Vous allez ouvrir la portière et sauter les yeux fermés. Prête ?

L'inspectrice lui jeta un regard désespéré. Soudain, le pickup enfonça son pare-choc, appuya, poussa, poussa... La policière n'avait plus le contrôle. La partie était perdue.

Incapable de tourner vers la gauche, la Toyota traversa le virage, franchit le bas-côté puis, d'un coup, le bleu du ciel envahit le pare-brise.

– Ouvrez, sautez ! cria une voix sur sa gauche.

Comme téléguidée, Miss Fourstripes lâcha le volant, repoussa la portière, et elle laissa son corps basculer sur la droite. Happée par le vide, elle ferma les yeux. L'air et la vitesse lui fouettèrent le visage, balayèrent ses cheveux. Une masse en mouvement heurta son bras gauche. Ses fesses, puis son dos, touchèrent violemment le sol. Ses membres tournoyèrent tout autour de sa tête sans qu'elle puisse les contrôler. Des signaux de douleur arrivèrent à son cerveau, et puis, brusquement…

« Han ! »

Un souffle jaillit de son corps enfin immobile. La chute était terminée…

L'instant suivant, Lucy sentit que ses mains et ses bras étaient plongés dans un buisson. Pour se rassurer, elle songea que si elle réfléchissait, cela signifiait qu'elle était toujours en vie. Ses jambes se trouvaient au-dessus d'elle, mais sa tête ne lui faisait pas mal. Doucement, la jeune femme osa ouvrir les yeux. La végétation qui l'environnait était effroyablement dense mais, au moins, elle lui avait servi d'amortisseur. Quelques arbres acrobates s'accrochaient à la pente, leurs maigres racines à peine enfoncées dans une roche hostile. Ce qu'il lui restait de conscience procéda d'instinct à un check-up rapide : *Piquée, lacérée, des égratignures partout, mais j'ai l'impression que je n'ai rien de grave. Tout a l'air de fonctionner*, jugea-t-elle avec une certitude qui la surprit elle-même.

Soudain, un bruit terrible se fit entendre : l'avant de la Toyota venait de percuter le goudron d'un lacet situé plusieurs dizaines de mètres en contrebas, avant de basculer par-dessus un nouveau parapet, puis de poursuivre sa dégringolade en effectuant plusieurs tonneaux. Comme dans un film au ralenti, Lucy vit son véhicule rebondir une dernière fois contre la paroi, puis exploser violemment en atterrissant sur un replat. Sidérée, la jeune femme aperçut ensuite le pickup noir qui continuait sa descente vers la mer.

Avant même d'avoir eu le temps de frémir, la miraculée entendit sur sa gauche :

– Lucy !... Lucy !

– Je… Je suis là ! cria-t-elle, tout en essayant de remettre son corps d'aplomb.

– Lucy !... Vous êtes là ?

– Oui, dans cette direction !

– Je ne suis pas très loin. J'arrive… Est-ce que ça va ?

– Je crois, oui. J'ai mal… Mais rien de cassé. Et vous ?

– La tête a pris cher, mais ça va… J'arrive ! répéta la voix.

Immobile, la Mauricienne entendit un corps qui se frayait un passage à travers les fourrés. Quelques instants plus tard, un rouquin à l'air hébété, la joue droite et la barbe couvertes de sang, surgit en utilisant sa canne de golf comme une machette. Puis il réussit à s'approcher à seulement quelques mètres d'elle.

Plongeant son regard dans celui de Lucy, Archibald lui dit en souriant :

– Vous êtes vivante ? Moi aussi. Quel vol plané !… Maintenant, je sais ce que l'expression *head over heels* [1] signifie vraiment. On a eu chaud !

[1] Mot à mot : « la tête par-dessus les talons ». L'expression anglaise se traduit par « éperdument », « follement » ou « complètement ».

Mahébourg

Mardi, sept heures trente – Terrasse de l'hôtel Shanti

– Vous connaissez la dernière ?

Sweeney identifia aussitôt la voix grave de Miss Fourstripes. Avant de se retourner, il contempla une dernière fois le vaste lagon qui baignait la côte sud de Maurice, les plages interminables bordées d'immenses filaos, tous dressés comme des fusées prêtes à décoller, les collines sauvages couvertes de canne à sucre, puis la table du petit déjeuner sur laquelle trônait un *English breakfast* roboratif.

Avant que sa collègue ne le rejoigne, l'Écossais observa que celle-ci portait une paire de baskets et un jeans, ainsi qu'une veste en tissu pardessus un chemisier blanc. Dans une main, la jeune femme tenait son ombrelle quadricolore puis, dans l'autre, un journal enroulé. Parvenue devant la table, elle claqua ce dernier près d'un plat débordant de lard, de saucisses et de pois en sauce. À cet instant, Archibald remarqua les multiples écorchures que Lucy arborait sur les mains et le visage. Une petite coupure en travers du nez lui donnait un air canaille qui, finalement, la rendait encore plus séduisante.

Détectant le regard inquisiteur du Britannique, l'inspectrice déclara :

– Si vous voyiez mes bras ou mes cuisses, c'est pire encore. Les pierres et les épineux ne m'ont pas épargnée… Et vous ? demanda-t-elle en scrutant le profil du rouquin.

Sweeney lui montra sa pommette tranchée sur plusieurs centimètres, avant d'expliquer :

– Pas besoin de me faire recoudre, mais je n'ai plus qu'à laisser pousser ma barbe si je veux camoufler cette imperfection… Ce matin, j'ai préféré revêtir un tee-shirt à manches longues et un pantalon. Les acacias, ainsi que tous leurs copains de la falaise, ont tellement pénétré mes bras et mes jambes qu'en me réveillant, j'ai eu l'impression de contempler les cratères de la Lune ! Je suis courbaturé, piqué de partout… se désola-t-il enfin.

Miss Fourstripes tourna la tête pour admirer l'océan, puis elle murmura pour elle-même :

– Nous avons eu une chance incroyable…

À son tour, son homologue regarda dans cette direction. Probablement tous les deux étaient-ils en train de se faire la même réflexion : comment oublier une chute pareille ? Archie et Lucy étaient deux miraculés.

– Je crois que je vous dois la vie, finit par lâcher Miss Fourstripes. Enfin, c'est ce que je ressens.

– N'en faites pas trop. Allons, asseyez-vous… Je pense que vous avez plus besoin de poser vos idées que votre arrière-train… Un café ? proposa-t-il à l'enquêtrice lorsque celle-ci fut installée.

– Un thé plutôt, merci. C'est mon côté anglais… Ou juste le plaisir de vous contredire, plaisanta-t-elle.

Puis elle ajouta :

– Mais il ne faut pas traîner. Nous n'avons pas beaucoup de temps.

– Pas de souci… S'il vous plaît ! héla Sweeney un grand serveur à la liquette blanche.

Lorsque l'homme au crâne rasé et à la peau sombre approcha, Archibald lut son nom sur une plaquette. Il lui demanda :

– Muhammad, pouvez-vous apporter une tasse de thé pour Mademoiselle ?... Merci, vous la mettrez sur ma note. Chambre 108.

Se tournant de nouveau vers la jeune femme, le policier voulut savoir :

– Au fait, comment êtes-vous venue ?

– L'épave de ma pauvre voiture ne sera pas récupérée avant une à deux semaines. Les agents ont bien voulu croire à mon histoire. Ils ont classé ma sortie de route en « accident dû à l'humidité de la chaussée ». Ainsi, mes collègues de la CID ne seront au courant de rien. Tant mieux !… Mon concessionnaire m'a prêté un Toyota Rush un peu balourd. Je n'ai pas l'habitude de ces gros véhicules, mais j'étais contente de le voir arriver dès hier soir… Le chauffeur m'a indiqué que s'il me convenait, je pourrais l'acheter. Je vais y réfléchir… conclut Lucy, songeuse.

Esquissant un sourire, l'Écossais désigna son parapluie d'un coup de menton. Il lui dit :

– Et ça ? Où l'avez-vous trouvée ? Elle ressemble à la vôtre. Ne me dites pas que vous en faites collection !

– Non, je vous rassure. La précédente, comme mon sac à main, a fini dans l'explosion de la voiture. Mais puisque mon « fournisseur officiel » d'ombrelle se trouve à deux pas de la maison, à Vacoas, je suis allée m'en procurer une nouvelle dès hier après-midi. Avec ma peau trop blanche, je ne peux pas m'en passer. C'est que je n'ai pas envie d'attraper un cancer avant trente ans ! Mes parents adoptifs ont vécu en Australie. Ils m'ont mise en garde contre ce genre de risque avant mon départ pour Maurice.

Puis, pour ne pas être en reste, l'inspectrice lui renvoya la balle :

– Mais vous, avec votre club de golf, j'ai l'impression que vous êtes encore plus fétichiste que moi !

Le barbu contempla sa canne, l'air amusé, puis il répondit :

– Un réflexe idiot, je crois. Hier, je ne me suis même pas rendu compte que je sautais avec.

Après avoir souri, Miss Fourstripes lui fit remarquer :

– Archie, l'heure tourne.

– Votre thé ne va plus tarder. Prenez le temps d'avaler une gorgée, non ?

Puis l'inspecteur-chef regarda le journal sur la table et il demanda :

– De quoi vouliez-vous me parler ? C'est écrit en français. À part le titre « L'express », parvint-il à lire avec un fort accent, je ne comprends rien.

– Regardez. C'est l'un des gros titres, et Lucy s'avança pour lui désigner le bas de la page. Là : hier, James Casimir a été retrouvé mort par un groupe de jeunes gens. Son corps gisait au pied de la « Roche qui Pleure », une grande falaise qui surplombe la mer un peu plus loin, là-bas, à Souillac, puis elle étendit son bras vers la gauche.

– Quoi, c'est vrai ? sursauta Sweeney, et il la dévisagea en silence.

La jeune Mauricienne expliqua :

– On l'a probablement précipité en fin de nuit, ou tôt hier matin. Le pauvre garçon aura connu le même sort que son ami JF… Mon collègue Jasheel m'a appris la nouvelle dès hier soir. Lui et son *team* ont été désignés pour s'occuper de cette enquête. Mais le commissaire Madhoo leur a donné des consignes très strictes à eux aussi, visant à limiter le champ de leurs investigations. « Accident ou suicide » leur a dit le patron. Ça continue… Mais Jasheel a eu la gentillesse de me mettre au courant. Il savait que ça m'intéressait... Je lui revaudrai ça un jour.

– Est-ce qu'il vous en a dit plus ? Les premières constatations ? Des indices ? Des témoignages ?

– Non, absolument pas. D'ailleurs, je pense que Madhoo serait furieux s'il apprenait qu'il m'a téléphoné.

– Dommage... Bon, manifestement, ce pauvre Casimir a été exécuté moins de vingt-quatre heures après son enlèvement. À l'exception de ses ravisseurs, nous sommes peut-être les derniers à l'avoir vu vivant sur le Champ de Mars.

– Oui, probablement. De mon côté, j'ai raconté à Jasheel l'épisode auquel nous avions assisté dimanche.

Sweeney réfléchit à voix haute :

– Casimir leur a-t-il dit ce qu'ils voulaient savoir ? Leur a-t-il donné quelque chose ? Nous n'en saurons rien. En tout cas, pas dans l'immédiat.

Lucy précisa :

– Hier, « ils » ont commencé par éliminer l'associé des Laviolette. Mais en réalité, nous étions les suivants sur leur liste. Il s'en est fallu de peu.

– En effet, ces gens sont déterminés. Méthodiquement, ils cherchent à faire disparaître tous les témoins gênants. Nous avons bien failli faire les frais de ce sinistre « professionnalisme ».

– Des professionnels ? Vous croyez ?

– Monsieur Jules avait raison de nous mettre en garde. Ces types sont extrêmement dangereux. Et bien informés.

Miss Fourstripes demanda :

– Alors, est-ce que vous pensez que nos « amis » du pickup noir sont les assassins de JF, puis ceux de James Casimir ?

– Oui, j'ai peu de doutes à ce sujet, affirma Sweeney. C'est plus que probable.

L'enquêtrice réfléchit un instant avant de déclarer :

– Si nous avons de la chance, alors il nous reste peut-être encore Tonio, le frère de JF, pour élucider cette affaire… J'y songe : après ce qu'il nous est arrivé hier matin, je comprendrais tout à fait si vous refusiez de m'accompagner à Mahébourg, et si vous…

Archibald lui coupa la parole :

– Quoi ? *Great Scott* ! Jamais de la vie, on continue ensemble !

Puis, regardant sa collègue droit dans les yeux, il lui affirma :

– Nous n'allons pas nous arrêter en si bon chemin. Ça commence à peine à devenir intéressant ! ironisa le barbu.

Lucy le contempla avec stupéfaction. Elle se dit : *Je crois qu'il est encore plus fou que moi. Je me souviens que j'avais eu une drôle d'impression, la première fois que je l'avais vu au Morne. C'est sûrement cette étincelle de « dinguerie » que j'ai détectée dans son regard. Oui, cette flamme anime si peu de personnes que j'ai dû l'identifier dans ses yeux. Comme un point commun que nous partagerions. Comme si nous étions cousins, ou même un peu frère et sœur. C'est étonnant*... considéra-t-elle enfin.

Pour toute réponse, la jeune femme se borna à lui sourire en disant :

– Merci, Archie.

Mais tout à coup, le visage de l'Écossais s'assombrit. Ce dernier tint alors à lui préciser :

– Attention Lucy, hein ? Cette fois, hors de question que nous prenions la route tous les deux. On vous a peut-être encore suivie, qui sait ? C'est que je n'ai pas envie de jouer au cascadeur tous les jours !

Miss Fourstripes répliqua du tac au tac :

– J'y ai pensé.

– Comment ça ? Vraiment ?

Soudain, le thé servi par Muhammad fit son apparition sur la table du petit déjeuner.

– Merci. Chambre 108, lui rappela le client de l'hôtel.

– Bien. Je bois ma tasse, puis nous partons aussitôt, décréta l'enquêtrice.

– Des toasts grillés ? la tenta son collègue. Il en reste.

Puis il ajouta en se levant :

– Servez-vous, j'avais terminé. Je vais aller me changer.

– Pensez à prendre des vêtements chauds, lui conseilla Lucy. Si jamais nous devions partir en mer, je vous assure qu'il fait toujours un peu plus frais du côté de Mahébourg.

– J'ai ce qu'il faut. Merci de m'y faire penser.

Club de golf sur l'épaule, le Britannique descendit de la terrasse.

– Je vous attends sur le parking ! lui lança sa collègue.

Lorsque l'inspecteur-chef Sweeney déboucha sur le parking situé à l'arrière de l'hôtel Shanti, il portait une veste épaisse, un pantalon de trek tombant sur ses chaussures de randonnée, ainsi qu'un sand wedge qu'il faisait tournoyer entre ses doigts comme Charlot sa canne.

Miss Fourstripes vint à sa rencontre en compagnie d'un jeune homme d'une trentaine d'années.

– Je vous présente Steve notre chauffeur, dit-elle à l'Écossais, puis elle se retourna pour désigner un Isuzu Crosswind de couleur blanche.

– Avec son taxi, c'est lui qui va nous conduire à Mahébourg, précisa-t-elle.

– Bonjour. Est-ce que vous parlez anglais ? demanda Sweeney au Mauricien.

– Bien sûr, comme tout le monde. Ma sœur vit à Londres. Je lui rends visite tous les ans. Et puis beaucoup de mes clients parlent anglais : les Australiens, les Sud-Africains, les Britanniques…

– Hem, oui. Désolé, s'excusa l'Écossais.

Ce dernier en profita pour observer le nouveau venu. De taille moyenne, la tête ronde, la barbe rasée de près et les cheveux crépus, Steve possédait deux petits yeux malins qui lui donnaient l'air débrouillard. D'instinct, Archibald sentit que, comme bon nombre de Mauriciens, le jeune homme avait sûrement déjà dû exercer mille métiers.

Le chauffeur de taxi enchaîna sans tarder :

– Mademoiselle m'a prévenu : je sais que vous ne voulez pas être vus lorsque nous quitterons l'hôtel. Vous pourrez vous cacher entre les banquettes, elles sont suffisamment larges. Dès que nous serons sur la route côtière, si tout va bien, je vous ferai signe, et vous pourrez vous redresser.

– C'est parfait. Merci, rétorqua l'inspecteur-chef.

Puis, souriant à Lucy, il lui dit :

– Bravo. Vous prévoyez tout, vous.

– Non, c'est juste que je sais anticiper. C'est l'une de mes qualités, je crois. Rien de plus.

La jeune femme ajouta :

– D'ailleurs, si vous ne le saviez pas, Maurice est connue pour être le pays de la résilience. Avec notre passé colonial, nous sommes tous très doués pour ça, quelle que soit notre communauté d'origine. Alors ce n'est pas un malencontreux accident qui va m'arrêter !

– En effet, c'est ce que je vois.

Steve intervint :

– Allez, il est temps de partir… En route pour Mahébourg ! Nous y serons dans quarante-cinq minutes.

*

– Je crois que c'est bon. Vous pouvez sortir maintenant !

Doucement, Lucy, puis Archie, émergèrent d'entre les sièges arrière sur lesquels ils finirent par s'asseoir.

Une fois installée aux côtés de son homologue, l'inspectrice demanda au taxi :

– Est-ce que quelqu'un nous a suivis, Steve ? Tout va bien ?

Jetant un œil dans le rétroviseur, le créole répondit :

– *Pena problem.* Depuis que nous avons quitté Souillac, aucune voiture n'est restée dans notre sillage plus de quelques minutes.

– Bien joué ! lui souffla Lucy, soulagée.

Par précaution, les deux policiers firent un rapide tour d'horizon pour constater que leur véhicule filait seul à travers les champs de canne à sucre.

– Où sommes-nous ? voulut savoir l'enquêtrice, alors que le taxi pénétrait dans un village qu'elle ne reconnaissait pas.

– Je suis passé par « Little India » comme je l'appelle, plus au sud. À cette heure, c'est la route la plus rapide. En tout cas, elle est moins encombrée et plus directe que celle de Tyak ou Nouvelle France.

En entendant l'indication, Sweeney observa les rues étroites où le Crosswind se faufilait avec peine. En effet, avec ces trottoirs bondés et bruyants, une multitude d'échoppes biscornues, puis ce slalom incessant entre des gens marchant sur la voie, des bus aux couleurs criardes, des scooters inconscients, ou des dizaines de chiens errants qui somnolaient au milieu de la rue comme s'ils étaient des vaches sacrées, il était facile de se croire à Bombay ou à Calcutta !

Dès que le taxi se fut extirpé du village, les policiers purent à nouveau savourer les paysages sauvages de la côte sud. Silencieux, chacun d'eux s'efforçait de ne pas réfléchir. Car à la première pensée raisonnable, ils auraient sûrement ordonné à Steve de faire demi-tour !

Alors que l'on approchait de l'autoroute menant à l'aéroport, Archibald décida de reprendre la parole :

– Je me souviens que lorsque je suis arrivé vendredi, j'avais déjà vu ces pyramides sur le bord de la route, et il scruta avec étonnement les impressionnants tas de pierres aux formes géométriques qui se dressaient derrière le rond-point.

– C'est étrange, dit-il encore.

Puis, après que le taxi eut franchi l'intersection, Sweeney demanda à Steve :

– Est-ce que vous savez ce que c'est ?

Son chauffeur lui répondit, gêné :

– En réalité, personne ne sait vraiment. Les gens racontent des tas d'histoires idiotes. Mais c'est parce qu'ils ne connaissent pas leur véritable origine.

– On se croirait chez les Mayas, estima l'Écossais.

À son tour, Lucy proposa :

– Je dirais plutôt que ce sont les premiers cultivateurs de canne à sucre qui, pour déblayer le terrain, ont décidé d'empiler les pierres de cette façon.

– Et ils auraient pris le temps de créer des pyramides aux contours parfaits ? Pour quoi faire ? s'interrogea son collègue. Non, c'est définitivement étrange… insista-t-il.

Tandis que le touriste se retournait une dernière fois, Miss Fourstripes lui lança pour plaisanter :

– Une nouvelle enquête avant de reprendre l'avion ?

Une quinzaine de minutes plus tard, l'Isuzu abordait les entrées de Mahébourg, l'ancienne capitale de l'île. À la différence des villages plus hindous qu'ils venaient de traverser, la population qui se pressait sur les trottoirs s'avérait beaucoup plus mélangée. Les vieilles boutiques de style créole se succédaient le long des rues et, à travers la présence de nombreuses petites maisons en bois, le passé colonial du port demeurait bien vivant.

Soudain, Steve traversa la *Royal Road* pour bifurquer sur la droite – juste avant qu'un bus de la NTC ne le coupe en deux ! – puis il descendit vers la mer en direction d'un banian majestueux.

En arrivant sur le parking qui environnait l'arbre, le conducteur déclara :

– La jetée la plus au nord se trouve là, et il stoppa le moteur de son véhicule.

Le duo d'enquêteurs débarqua dans la lumière matinale de Mahébourg. Dès que les policiers furent à hauteur de sa vitre, Steve leur demanda :

– Est-ce que vous avez mon numéro ?

Lucy fit oui de la tête.

– Je vais aller vous attendre du côté de Blue Bay. La vue y est sympa. Là-bas, j'ai un ami qui tient un bar sur le front de mer. Quand vous serez de retour, appelez-moi. Je serai là en moins de dix minutes, puis le Crosswind redémarra en longeant la gare routière ainsi que le marché couvert.

Ouvrant son ombrelle pour se protéger des rayons du soleil, Miss Fourstripes lança à son collègue :

– Venez ! Je connais le coin.

Sans attendre, la Mauricienne se dirigea vers l'océan et une grande colonne de pierre isolée sur la gauche. En approchant, elle dit à Sweeney :

– L'embarcadère se situe juste derrière.

Après avoir jeté un œil dans cette direction, l'Écossais prit le temps d'observer le paysage qui s'offrait à lui : autour d'un lagon turquoise agité par le vent, se trouvait sur la gauche une montagne plutôt massive, un chapelet d'îles éparses face à lui, puis à droite, un îlot plus proche agrémenté d'un charmant bâtiment au toit rouge et, enfin, le front de mer de Mahébourg aux façades malheureusement plus modernes. Partout sur l'eau évoluaient de nombreux voiliers multicolores à la silhouette élancée. Au loin, tout à droite, se dressait une forme métallique étrange, pointant vers le ciel. *Qu'est-ce que c'est que ça ?* s'étonna le barbu.

Lucy le tira de sa contemplation. Scrutant les bateaux avec la main en guise de visière, elle dit :

– J'espère que l'un d'entre eux est bien le nôtre. Je ne parviens pas à distinguer la couleur de toutes les voiles.

Sweeney fit remarquer :

– Il est neuf heures moins cinq. Nous ne tarderons plus à être fixés.

Avant de grimper sur la jetée, la jeune femme fit un détour par le monument qui commémorait la bataille navale de 1810. Parvenue devant une table descriptive, elle expliqua à son collègue :

– Oui, je me rappelle maintenant : les emplacements des différents navires de la bataille sont indiqués là… Les Français, les Anglais… Les canons en batterie sur la côte... Ce sont les Français qui avaient l'avantage du terrain. Ils occupaient l'île à cette époque. Ce jour-là, les marins de Napoléon l'ont emporté haut la main. Un fait d'armes exceptionnel… Pourtant, cette victoire de prestige ne leur servit à rien. Par traité, l'île fut cédée aux Britanniques peu après. Celle que l'on appelait l'Isle de France redevint Maurice, le premier nom donné par les colons hollandais au XVIIe siècle.

L'enquêtrice ajouta :

– Tout à l'heure, je ne vous l'ai pas signalé, mais nous sommes passés devant le grand musée de Mahébourg. On peut y voir des vestiges de cette bataille mémorable. En outre, c'est là, dans la même salle, que furent soignés les commandants des deux flottes gravement blessés. Il paraît même que leurs médecins respectifs se seraient entraidés.

– On avait l'esprit chevaleresque à cette période, nota l'Écossais… En effet, c'est une belle histoire. Mais je crains que nous n'ayons pas le temps de visiter cet intéressant musée, n'est-ce pas ?

– Peut-être au retour ? sourit Lucy.

– Oui… Je ne sais pas si j'aurai l'occasion de revenir à Maurice un jour, lâcha Sweeney, l'air brusquement affligé.

Voilà que ça le reprend, songea l'inspectrice. *Il me fait de la peine parfois.*

Afin de lui faire passer cet accès de mélancolie, et après avoir constaté qu'une pirogue filait droit sur eux, Miss Fourstripes replia son ombrelle pour faire un rapide tour d'horizon :

– Sur la gauche de la baie, vous avez la montagne du Lion. Vous la distinguez ? On imagine très bien la tête du fauve, ses épaules massives et ses pattes.

– Oui, c'est vrai. On comprend vite pourquoi on l'a baptisée ainsi.

– Devant nous, ce sont les petites îles qui délimitent le lagon. La plus proche, à droite, c'est Mouchoir Rouge. Elle est distante d'à peine cent mètres.

– Le paysage est très joli, apprécia Archie. Toutes ces couleurs, c'est magnifique.

– Et aussi tout ce vent ! sourit sa collègue, tandis qu'elle recrachait ses cheveux malmenés par des bourrasques incessantes.

– Ici, ça souffle à longueur d'année, précisa-t-elle. La côte est de Maurice est connue pour cette particularité. C'est aussi ce qui a poussé les Français à déménager la capitale de l'autre côté du pays, à Port Louis. Toutefois, c'est aussi cette spécificité qui fait aujourd'hui le bonheur des régatiers.

Sur l'eau translucide du lagon, les deux voiles jaune et bleue d'une pirogue à coque blanche, marquée d'un liseré mauricien, se firent soudain plus proches.

– Vous pensez que c'est pour nous ? demanda l'Écossais.

D'un seul coup, le bateau vira pour ralentir et il présenta son flanc. Une dizaine de grands gaillards manœuvraient à bord. On finit alors par déchiffrer le nom du voilier :

– « La Perle du Morne », c'est lui ! se réjouit l'enquêtrice. Je crois qu'il nous a vus. Marchons jusqu'à la jetée.

Après quelques pas, le duo atteignit une rive bétonnée non loin du monument dressé face à l'océan. Sur le régatier, on entendait un jeune capitaine hurlant ses ordres. L'une des voiles fut affalée puis, très vite, et avec beaucoup de maîtrise, le bateau vint accoster le long de la jetée.

Sans prendre la peine d'amarrer, le skipper lança à ses passagers :

– Bonjour. Allez, embarquez !

Aidés par deux équipiers de la « Perle du Morne », Archie et Lucy enjambèrent facilement le rebord de la pirogue. Aussitôt, le capitaine se présenta :

– Je m'appelle Ludovic. Asseyez-vous là. Nous allons partir, et il leur désigna un siège en bois placé juste devant le mât central.

Progressant au milieu d'une coque étroite et instable, les policiers, soutenus par les sept ou huit malabars qui composaient l'équipage, parvinrent à rejoindre sans encombre le banc humide qui leur était destiné. Rapidement installés, les pieds dans l'eau et leurs objets respectifs – canne et parapluie – posés sur leurs genoux, les deux passagers virent le mât se redresser, puis le spi se tendre à nouveau. Très vite, le voilier reprit ses distances avec la côte.

Le skipper continua de donner ses consignes en créole, et la pirogue eut tôt fait de glisser sur le miroir bleu du lagon.

Apercevant de nouveau la forme métallique qui l'avait intrigué un peu plus tôt, Archibald demanda à Lucy :

– Est-ce que vous savez ce que c'est ? On dirait une épave. Je me trompe ?

– Non, c'est exactement ça. Il s'agit de la poupe du Wakashio, ce navire géant qui s'est échoué sur nos côtes voilà plusieurs mois [1]. Cela fait une éternité que cette partie de la coque doit être remorquée, puis coulée au large. Mais vous voyez, ce bateau du diable est toujours là ! s'agaça la jeune femme.

– Ah oui, j'en ai entendu parler, se remémora son collègue. La marée noire, c'est vrai… Incroyable, dit-il. Sa taille est gigantesque.

– En effet. Un vraquier, c'est tout sauf une petite barcasse, ironisa la Mauricienne.

Archie se retourna. À bâbord, la montagne du Lion défilait à toute allure, tandis qu'à tribord, l'îlot de Mouchoir Rouge allait être bientôt dépassé. Impressionné par la vitesse de la pirogue, ainsi que par son inclinaison prononcée sur les vagues, l'Écossais eut l'impression que l'embarcation se dirigeait à présent vers une île surmontée d'un phare.

– Où va-t-on ? demanda-t-il à Miss Fourstripes.

– Je vais me renseigner, répliqua-t-elle, puis elle s'adressa en créole au capitaine.

Ce dernier beugla sa réponse face au vent, avant de pointer du doigt la terre qui se trouvait dans le prolongement de son bateau de course.

---

[1] Vraquier japonais qui contenait 3 800 tonnes de fioul. En 2020, son échouement provoqua une vaste marée noire.

– L'île au phare ! traduisit Lucy. Son vrai nom est l'île aux Fouquets, je crois.

Le rouquin observa cet îlot jaune, minéral et sec, dont le sommet était couronné par un bâtiment rectangulaire encadrant la tour d'un phare désaffecté. Au pied du monticule, un grand arbre solitaire, seule végétation résiduelle, semblait veiller sur cette terre désolée. *Le dernier gardien s'est transformé en arbre*, imagina Archie.

Gagnant de la vitesse à proximité du tombant, le régatier se pencha davantage encore, obligeant les deux passagers à s'accrocher l'un à l'autre pour se retenir.

– Je vais finir par avoir le mal de mer, se plaignit Archibald. Vivement que nous accostions… Et vous, ça va ?

Levant un pouce, la belle métisse lui répliqua tout sourire :

– *Mari top* ! Ça, c'est du sport !

Quelques minutes plus tard, Ludovic le skipper s'approcha de Miss Fourstripes pour lui donner quelques consignes à l'oreille. Puis il retourna occuper son poste à l'arrière.

– Qu'est-ce qu'il a dit ? s'inquiéta Sweeney.

– Je vous résume : le bateau va ralentir à proximité de la plage. On ne peut pas aller plus loin. Dès que Ludovic nous fera signe, nous devrons débarquer puis marcher jusqu'à la rive. Enlevez vos chaussures !

– D'accord, mais ensuite ?

– Le capitaine m'a dit que nous devions monter jusqu'au phare. Il paraît que quelqu'un nous y attend. Nous verrons bien… Le voilier repasse nous prendre dans une trentaine de minutes.

L'Écossais eut à peine le temps d'adresser un clin d'œil entendu à Lucy, puis d'accrocher ses chaussures autour du cou et de remonter son pantalon, que le skipper annonçait :

– C'est bon ! Débarquez !

En quelques instants, les policiers se retrouvèrent abandonnés dans une eau tiède qui leur montait jusqu'aux genoux. Près d'une centaine de mètres restaient à parcourir pour atteindre le rivage. Alors qu'ils progressaient prudemment pour éviter coraux, rochers, coquillages, et autres oursins, Lucy prévint le second naufragé :

– Je ne pense pas qu'il y ait des laffes par ici, mais faites attention où vous mettez les pieds. On ne sait jamais.

– Des laffes ? Qu'est-ce que c'est que ça ?

– Ayo, *sorry*… Oui, c'est l'autre nom du poisson-pierre. Les épines de son dos peuvent affleurer à la surface. C'est le poisson le plus venimeux au monde, le seul animal dangereux de Maurice. Ne marchez surtout pas dessus. La piqûre est extrêmement douloureuse. Dans le pire des cas, elle peut même être mortelle.

– Vous êtes sérieuse ?

– Oui, je le crains. Ouvrez les yeux ! Le laffe est un expert en camouflage.

Concentré sur son déplacement, l'Écossais ne vit pas le régatier qui s'éloignait dans son dos. Une fois sur la plage, Archibald s'empressa d'enfiler ses chaussures. Puis, épaulant son club de golf, il scruta l'île sur laquelle il venait de poser le pied.

Intimidé, il déclara :

– Il n'y a personne.

– J'espère bien que non, rétorqua sa collègue. Nous ne sommes pas venus jusqu'ici pour rien.

– Pourvu que ce ne soit pas un piège.

Voyant que le barbu hésitait à avancer, la jeune femme l'encouragea :

– Allez, on monte ! Ludovic m'a assuré que notre rendez-vous nous attendait à l'intérieur du phare.

– Ça ne me dit rien qui vaille…

– Si nous restons là, nous ne saurons jamais ! s'énerva Miss Fourstripes, et elle entama l'ascension tout en s'aidant de son ombrelle.

Quel fichu caractère ! nota son collègue, amusé. Puis il la suivit en direction du grand arbre isolé près duquel il découvrit un chemin bordé de pierres, balayé par le vent du large.

Alors qu'il gravissait la pente, le regard fixé sur la coupole du phare abandonné, Sweeney ne put s'empêcher d'avoir la désagréable sensation que, peut-être, il était en train de monter à l'échafaud…

Le secret

Lorsque Lucy et Archie pénétrèrent dans le phare de l'île aux Fouquets, ils constatèrent qu'une bonne partie de l'escalier menant à la coupole avait disparu.

– Je n'étais encore jamais entrée, confia la Mauricienne, impressionnée par les dimensions intérieures du bâtiment.

Son collègue observa les murs noircis par des feux qui, de longue date, avaient été allumés par les marins de passage, ainsi que la pierre érodée par l'air salé, puis une multitude de gravats épars.

– Ce n'est pas encore une ruine, jugea l'Écossais, mais si rien n'est entrepris, le phare disparaîtra d'ici peu. Vous ne croyez pas ?

Pour sa part, Miss Fourstripes songea qu'il y avait une question plus urgente à se poser. Écartant les épaules, elle cria :

– Ooh ! Il y a quelqu'un ?

Soudain, un jeune homme d'une vingtaine d'années apparut dans l'embrasure de la porte qui donnait sur l'océan. Vêtu d'un tee-shirt aux couleurs de la Jamaïque, d'un short de football et de simples sandales, le créole à la coiffure rasta souriait sous sa fine moustache. Amaigri, la mine lasse, l'inconnu semblait amical.

Après avoir sursauté, l'inspectrice lui demanda dans sa langue :

– Est-ce que vous êtes…

– Antonin Laviolette, la devança l'occupant du phare. Ou Tonio, si vous préférez.

Puis il enchaîna en disant :

– Suivez-moi ! et le jeune pêcheur tourna les talons.

Dans son sillage, les deux policiers sortirent pour se laisser entraîner vers un nouveau bâtiment où, après avoir traversé plusieurs couloirs, ils débouchèrent dans une pièce aux parois couvertes de suie. Le sol était jonché de pierres, de restes de coquillages et de cocos. Dans un recoin dont la surface avait été déblayée, on distinguait un sac de couchage, un réchaud à gaz, quelques fruits dans un sachet, des cocos fraîches, un pack de bouteilles d'eau, ainsi qu'un amas de boîtes de conserve.

Visiblement gêné de les accueillir dans la rusticité de son antre, Antonin Laviolette expliqua :

– L'équipage de la pirogue vient tout juste de me ravitailler. Ils passent tous les deux jours, tôt le matin. C'est plus discret. Et puis, à la voile, ils ne font pas de bruit. Les gens peuvent croire qu'ils s'entraînent pour les prochaines régates.

Après avoir baissé la tête et soupiré, le jeune homme ajouta :

– Je suis fatigué de tout ça. Je ne tiendrai plus très longtemps.

Apercevant de gros blocs de pierre disposés en cercle de l'autre côté de la pièce, Sweeney proposa :

– Dites, si on s'asseyait pour discuter ?

Tonio s'installa le premier, laissant ses bras pendre entre ses jambes. Lucy choisit le rocher le plus attractif pour poser son postérieur endolori la veille, puis elle appuya ses mains sur le manche de son ombrelle. Enfin, son homologue déposa son sand wedge sur la gauche, avant de croiser les jambes en tailleur.

– Je vous traduirai la conversation au fur et à mesure, l'avertit Lucy.

– Pas besoin, intervint le frère de Jean-François. À l'école, j'étais très bon en anglais.

– Ah merci, lui sourit l'Écossais. Vous me faites plaisir… Alors, enchaîna-t-il, pouvez-vous nous expliquer ce que vous faites là ? Je serais curieux d'entendre votre histoire.

Le dos voûté et les épaules rentrées, Antonin répondit :

– Oui, je vais tout vous raconter. Il est grand temps. J'ai besoin que vous m'aidiez… J'en ai marre de tout ça.

Miss Fourstripes adressa un regard satisfait au barbu sur sa droite.

Les yeux dans le vide, comme s'il s'efforçait de retourner dans le passé, le pêcheur commença son récit :

– Au début, c'était une idée de JF… Cela faisait longtemps qu'il avait repéré ce gros bateau à Port Louis. Il en rêvait, c'était presque une obsession. Son objectif était de créer sa propre société et de nous y associer, James et moi. Un jour, il s'est rendu dans la capitale pour discuter de la vente du navire avec le propriétaire. C'était un ancien capitaine qui voulait passer la main. Mon frère lui plaisait bien pour prendre la suite, mais il n'avait pas assez d'argent. Alors le gars lui a suggéré de partir en campagne de pêche dans une zone très poissonneuse. Il lui a dit qu'avec la somme qu'il gagnerait là-bas, il pourrait récolter le montant qui lui manquait encore. Si JF était d'accord, alors il pourrait partir avec le bateau puis le lui acheter au retour. Selon le vendeur, si tout se passait bien, mon frère pouvait même espérer gagner suffisamment pour ne plus avoir besoin de travailler pendant des mois. Évidemment, c'était tentant.

– Ensuite ? le relança Sweeney.

– De retour au Morne, JF est venu nous expliquer tout ça, à moi et à James. Quand il nous a proposé de l'accompagner pour cette campagne, sincèrement, nous n'avons pas hésité une seule seconde. Mon frère était un patron de pêche exceptionnel. Je ne sais pas comment il faisait ça, mais il sentait les coups comme personne. Je crois que JF avait dû être lui-même poisson dans une autre vie.

Le policier d'Édimbourg le questionna de nouveau :

– Et où deviez-vous aller ? Pouvez-vous nous révéler cette destination ?

Antonin lui renvoya un sourire désabusé. Son regard traîna sur le sol, puis il finit par répondre :

– Oui. À l'ouest des Chagos.

Instantanément, le Britannique se retourna vers sa collègue, l'air interrogatif.

Miss Fourstripes le renseigna :

– Quand on parle des Chagos, on connaît surtout l'île Diego Garcia. C'est une base militaire américaine très importante. Juste avant l'indépendance de Maurice, les Anglais se sont débrouillés pour ne pas restituer l'archipel et pour le louer aux Yankees. À cette époque, la guerre froide faisait rage. Les Américains avaient besoin d'une tête de pont dans l'océan Indien. À partir de Diego Garcia, leurs avions, notamment les bombardiers à capacité nucléaire, pouvaient rayonner dans tout le sud de l'Asie, et même jusqu'aux frontières de l'U.R.S.S. ou dans la péninsule arabique. Stratégiquement, l'île leur offrait des commodités bien supérieures et meilleur marché qu'un porte-avions… Le seul problème, poursuivit-elle, c'était la population des Chagos. Les Anglais ont menti aux gens de façon éhontée. Un jour, brutalement, les habitants ont vu débarquer l'armée. Ils n'ont eu que quelques heures pour prendre leurs affaires, abandonner leur maison, leurs terres et leurs animaux, puis on les a déportés. La plupart d'entre eux ont atterri dans un bidonville de Port Louis. Beaucoup sont morts sans jamais revoir leur patrie. Ce fut un drame national. Les Anglais ont commis un acte odieux qui bafouait toutes les conventions internationales... Maurice était trop petite, et trop jeune, pour s'opposer à la volonté de l'Empire britannique. À l'époque, notre gouvernement savait qu'il fallait céder, ou bien perdre tout espoir d'indépendance.

Tout à coup, les deux Mauriciens parurent très affectés.

– J'ignorais cette histoire, reconnut Archibald. Je suis désolé.

Lucy reprit :

– On nous a arraché une partie de nous-mêmes, vous savez... D'ailleurs, quand les Argentins ont tenté de vous ravir les Falklands, ça ne vous a pas beaucoup plu, à vous non plus. Alors mettez-vous à notre place.

– Je n'étais même pas né, et vous non plus, expliqua Sweeney afin de l'apaiser.

Peine perdue. Sa collègue insista :

– Le pire, c'est qu'un tribunal international a reconnu la souveraineté de Maurice sur les Chagos. Mais les Britanniques et les Américains s'en fichent. Ils font la sourde oreille. Même condamnés par l'ONU, ils persistent à nous narguer. Les gouvernements mauriciens tentent bien les uns après les autres de faire respecter le droit, mais c'est la lutte du pot de terre contre le pot de fer. Personne ne nous soutient, ou si peu. Les autres pays ont peur des représailles. La preuve : vous n'aviez même pas entendu parler de ce litige.

– Et ce n'est pas mieux avec Agaléga, intervint Tonio.

– Agaléga, qu'est-ce que c'est ? l'interrogea l'Écossais.

Miss Fourstripes reprit :

– C'est un autre petit territoire de la République. Cette fois, c'est notre propre gouvernement qui a cédé l'île à la marine indienne pour qu'elle y construise une base de grande envergure. C'est un secret de Polichinelle.

Peinant à masquer un sourire ironique, Sweeney rétorqua :

– Dites, vos politiques me paraissent pour le moins paradoxaux. D'un côté, comment réclamer la souveraineté sur un premier archipel pour, de l'autre, céder une seconde partie de son territoire à une nouvelle puissance étrangère ? J'ai un peu de mal à suivre la logique d'un tel raisonnement.

Vexés par la remarque de ce maudit Britannique, les deux Mauriciens comprirent que, provisoirement, mieux valait encore glisser la poussière sous le tapis. Alors Lucy préféra demander à Tonio :

– Bien, si on revenait à nos moutons ?... Cette campagne de pêche au large des Chagos, comment s'est-elle déroulée ?

– Dès que nous sommes arrivés sur zone, nous avons compris que le vieux capitaine ne s'était pas fichu de nous. Le navire fonctionnait à merveille, et les filets s'emplissaient à toute vitesse. Dans la cale, le niveau montait à vue d'œil. Avec James, on travaillait comme des forcenés. On n'en pouvait plus de lever des filets pleins, puis de pelleter de la glace. On se sentait fourbus comme jamais ! Dans l'euphorie, nous avons décidé de ne pas nous arrêter. Croyez-moi si vous voulez, mais en quarante-huit heures, nous avions rempli nos cales. Un exploit ! Je n'avais jamais vu ça… Nous n'avions pas fermé l'œil depuis deux jours, nous n'avions plus de force dans les bras, plus de glace à disposition, mais le bateau regorgeait des plus beaux poissons que nous ayons jamais pêchés. Alors, au petit matin, JF nous a annoncé qu'on relevait notre tout dernier filet avant de rentrer. Mais c'est là que ça s'est gâté…

Comme James Casimir avant lui, Antonin Laviolette ne parvint pas à poursuivre. Brusquement muet, il laissa son regard errer quelque part sur le mur de gauche.

Lucy sentit qu'il ne fallait pas qu'il se bloque. Sans attendre, elle le relança :

– Qu'est-ce qu'il s'est passé ? Dites-nous !

Après avoir dégluti sa salive avec difficulté, le jeune homme accepta de reprendre. Le corps toujours plus affaissé, il lâcha :

– D'un coup, notre filet a accroché le récif... À ce moment-là, Jean-François était descendu pour nous aider. Nous n'en pouvions plus avec James. Tout devenait trop lourd. Malheureusement, mon frère n'avait pas pris le temps d'observer son écran avant de quitter son poste. Il n'avait pas suffisamment anticipé. Cela faisait deux jours qu'on ne dormait plus. L'accident pouvait arriver à tout instant. On a tous manqué de vigilance.

Puis Tonio ajouta :

– JF a couru jusqu'au poste de pilotage. Il a fait machine arrière, et nous avons pu désengager le filet. Coup de chance, rien n'était cassé. Nous avons même pu remonter notre dernière pêche. Enfin, lorsque le filet s'est ouvert sur le pont, là, on n'en a pas cru nos yeux. C'était invraisemblable…

Une nouvelle fois, Antonin se tut. Archie et Lucy se dévisagèrent, surpris et impatients de connaître la suite. N'y tenant plus, Sweeney osa provoquer le jeune homme. Il lui demanda :

– Eh bien, quoi ? Vous aviez pris un cachalot ?

Avec un air de défi, Tonio toisa son interlocuteur. Mais soudain, il se leva pour aller ramasser une couverture grise qui, manifestement, renfermait un objet.

Dès qu'il fut de nouveau assis en face du duo, le frère Laviolette déplia avec précaution son morceau de toile. Enfin, au moment où il en dévoilait le contenu, les policiers, interloqués, lâchèrent en chœur :

– C'est tout ?

Médusés, Sweeney et Miss Fourstripes découvrirent un appuie-tête aux couleurs délavées.

– C'est vraiment tout ? répéta Lucy.

– Non, répliqua le pêcheur. C'est juste un morceau pour que vous ayez la preuve de ce que je vous raconte... En réalité, nous avons remonté l'intégralité d'un fauteuil d'avion. Son séjour dans l'eau l'avait dégradé, mais il était encore en assez bon état.

– Un fauteuil d'avion ? s'étonna cette fois l'Écossais.

Comprenant son trouble, Tonio s'empressa de lui préciser :

– Un fauteuil d'avion, oui, mais pas n'importe lequel. Il appartenait au vol qui a disparu... Vous comprenez, ou bien est-ce que je dois vous faire un dessin ?

L'instant suivant, les enquêteurs saisirent la nature exceptionnelle de la trouvaille des trois pêcheurs.

Antonin reprit la parole :

– JF a tout de suite deviné de quoi il s'agissait. Dès que nous l'avons dégagé, nous avons vérifié les marquages. C'était clair. Mon frère avait raison... Très vite, avec la proximité de Diego Garcia à quelques milles à peine dans notre dos, nous avons réalisé ce que cette découverte impliquait. La base était trop proche. Les Américains possèdent des tonnes de radars là-bas. Tout le monde savait forcément pour le crash. Oui, les Yankees ne pouvaient pas ignorer ce qu'il s'était passé, ni pourquoi ça s'était passé. Avec ce fauteuil qui remontait à la surface, c'était comme si le vol MH 370 nous révélait son destin tragique. Une histoire terrifiante était en train de s'écrire sous nos yeux. Nous étions sans voix.

Constatant que les policiers tardaient à prendre la pleine mesure de cette information, Tonio préféra continuer :

– Passé la stupéfaction des premiers instants, nous avons fini par sauter de joie. Trois jeunes chiens fous qui dansaient sur le pont… On avait l'impression d'avoir trouvé un véritable trésor. C'était comme si nous avions le privilège de connaître un secret que le monde entier ignorait encore. C'était une sensation étrange, un *shot* d'adrénaline que je n'avais jamais connu. James croyait que nous serions bientôt riches, que toutes les télévisions se battraient pour obtenir notre témoignage ou bien des photos de notre prise. Nous n'avions plus qu'à laisser monter les enchères ! Car tout le monde allait forcément vouloir savoir… Même JF s'y est mis : il disait que nous allions devoir acheter de belles chemises pour passer devant les caméras. Mon frère s'est moqué de moi parce qu'il prétendait qu'avec mes dreads, aucune télé ne voudrait de moi !... Cette joyeuse folie a duré près d'une heure. Puis on a installé notre trophée dans la cabine de pilotage. Finalement, après avoir achevé les préparatifs et dormi quelques heures, nous avons mis le cap sur Maurice.

– Que s'est-il passé ensuite ? demanda Miss Fourstripes.

– Le trajet du retour était suffisamment long pour que nous ayons le temps de réfléchir. Au bout d'une journée, nous avons fini par déchanter. Une fois que nous avons été reposés, la raison a repris le dessus. Petit à petit, en discutant, nous nous sommes rendu compte que les implications de notre découverte étaient absolument terribles. Surtout pour les Américains. Leur mensonge était tellement énorme ! Et ce n'était rien de moins que la preuve de ce mensonge que nous avions à notre bord… Rien que d'y penser, j'en ai encore des frissons, confessa le jeune homme.

– En effet, je commence à comprendre, réagit Lucy. Les conséquences sont effroyables.

– Consternantes même, ajouta Sweeney. On a du mal à y croire.

Antonin reprit :

– Plus nous approchions des côtes du pays, plus la peur l'emportait. Nous étions terrorisés à l'idée de raconter ce que nous savions. Pour éviter que notre prise ne tombe entre les mains des *Coast Guards* et qu'ils ne nous posent des questions embarrassantes – certains d'entre eux ne savent pas nager mais, en revanche, ils savent vous compliquer la vie ! –, nous avons décidé de dissimuler le fauteuil dans la cale à poisson. Ensuite, lorsque nous sommes parvenus à hauteur du Morne, James et moi avons pris l'annexe pour débarquer le fauteuil et le cacher chez JF. Personne ne devait entendre parler de notre trouvaille. Mais il est vrai qu'à ce moment-là, nous ne savions plus quoi faire. Mon frère disait qu'il fallait prendre le temps de réfléchir, que l'on finirait bien par avoir une idée. Le problème, c'est qu'aucun de nous n'a eu la seule vraie bonne idée : brûler ce maudit fauteuil ou bien le remettre à la mer !

Sweeney demanda à Tonio :

– Vous avez dit que vous ne vouliez en parler à personne. Pourtant James, lui, il a bien vendu la mèche. Non ?

– C'est vrai. Il a craqué… Il ne nous a pas prévenus mais, un soir, il est allé rendre visite à l'un des policiers de La Gaulette. C'était un ami à qui il voulait demander conseil. S'il nous avait fait part de ses intentions, nous l'aurions dissuadé.

– Et comment l'avez-vous appris ? Est-ce que c'est lui qui vous l'a avoué ?

– Non. Une semaine plus tard, nos parents et des amis nous ont alertés. Des blancs avec un drôle d'accent se baladaient dans les rues du Morne. Ils disaient vouloir nous rencontrer. À ce moment-là, nous n'avions toujours pas décidé de ce que nous allions faire du fauteuil. Honnêtement, on commençait même à oublier cette histoire. Tous les trois, on venait à peine de toucher l'argent de notre campagne de pêche, alors on était tellement contents qu'on avait la tête ailleurs… Pour tout vous dire, quand mon père m'a parlé de ces types, j'ai commencé par croire qu'ils venaient de Port Louis parce qu'ils en voulaient à notre paie.

Antonin sourit rapidement, avant d'enchaîner :

– Quand ils sont revenus le lendemain, je n'étais pas là. JF, lui, les avait rencontrés. Quatre hommes étaient venus lui poser des questions sur la plage. Mon frère m'a dit que ces étrangers lui avaient glacé le sang. Je ne l'avais jamais vu aussi inquiet. Il avait peur… Les hommes en costume voulaient tout savoir de notre sortie : où nous étions allés, ce que nous avions pêché. Ils affirmaient que nous avions trouvé « quelque chose », et que ça les intéressait… Jean-François s'est montré courageux, comme toujours. Il s'est fichu d'eux. Il leur a répondu qu'ils étaient mal renseignés. Il a joué la comédie, et les types sont repartis. Mais en réalité, même s'il était fier de les avoir bernés, je connaissais mon frère : il était mort de trouille. Et il avait raison de les craindre. Deux jours plus tard, JF avait disparu… Dès qu'on a compris ce qu'il se passait, et qu'on ne le reverrait plus, ça a été la panique. Avec James, on s'est dit que JF ne lâcherait rien et qu'on pouvait espérer gagner du temps. Mais il ne fallait plus traîner. C'est moi qui ai décidé d'appeler mon oncle Jules. Nous avions besoin d'aide de toute urgence… Dès qu'il a su toute l'histoire, mon oncle a débarqué au Morne. On a chargé discrètement le fauteuil sur son pickup, puis on a pris la route avec James… Après avoir mis notre trouvaille en lieu sûr, l'oncle nous a déniché deux caches distinctes. Maintenant, nous sommes en sécurité.

– Vous croyez ? releva l'inspectrice. Savez-vous ce qui est arrivé à James Casimir ?

Un doute traversa le regard du jeune homme. À la fois surpris et inquiet, il demanda :

– Quoi ? Non. Qu'est-ce que vous voulez dire ?

Lucy lui apprit :

– Votre ami a été enlevé sous nos yeux, dimanche, au Champ de Mars.

– Ayo !

– Ce sont sûrement les mêmes hommes que ceux qui s'en sont pris à votre frère. Hier, ils ont même essayé de nous tuer du côté de Chamarel.

Devant la mine ébahie de Tonio, la jeune femme lui montra ses mains et ses avant-bras écorchés, avant de préciser :

– Ils ont poussé notre voiture dans le ravin. Avec Archibald, nous avons eu la frousse de notre vie. Mais, au final, plus de peur que de mal.

– Parlez pour vous ! plaisanta l'Écossais, et il lui désigna sa pommette coupée sur plusieurs centimètres.

Pour éviter de sourire, l'enquêtrice se retourna vers Antonin. Elle poursuivit :

– C'est dans les journaux. Je pense que Monsieur Jules n'a rien voulu vous dire pour ne pas vous inquiéter… Hier lundi, James a été retrouvé au pied de la Roche qui Pleure. On l'a précipité depuis le sommet. Il n'y avait plus rien à faire. Mais on n'en sait pas plus pour l'instant… Aujourd'hui, il n'y a plus que vous, conclut-elle.

Choqué, le pêcheur du Morne baissa la tête et il croisa les bras. Sweeney eut l'impression que le garçon venait de recevoir un véritable coup de poing dans l'estomac. Voyant qu'il pâlissait, l'Écossais s'inquiéta :

– Tonio, ça va ?

Celui-ci fit l'effort de se redresser. Puis il lâcha :

– Je suis fatigué… Je dors mal et je mange peu. La nuit, j'ai froid. J'évite de faire du feu pour ne pas être repéré.

Puis il ajouta, comme s'il se parlait à lui-même :

– Je vois… Je suis le dernier. Le seul à pouvoir témoigner, le seul à savoir où et comment nous avons trouvé le fauteuil… Ça ne fait rien. On va faire ce que nous avions prévu avec mon oncle. Jules m'a dit que c'était à moi de décider. OK, il faut que cette folie s'arrête.

Soudain, Antonin replia la couverture autour de l'appuie-tête. Après avoir replacé l'objet derrière lui, il déclara aux enquêteurs :

– La pirogue va venir vous prendre sur la plage. Quand vous serez de retour à Mahébourg, ne perdez pas de temps. Avant midi, allez voir ma cousine Ornella au château de Valriche, à Bel Ombre. Le restaurant est fermé en ce moment, mais elle possède les clés. Elle y est sommelière.

Sweeney intervint :

– Et pourquoi faudrait-il lui rendre visite ? Pour ma part, je préfère le whisky au vin, ironisa-t-il.

Tonio conserva un visage impassible. L'air grave, ce dernier répliqua :

– Depuis quelques jours, la cave recèle bien d'autres trésors.

– Soyez plus précis ! s'agaça Lucy.

Désignant la couverture d'un clin d'œil, le jeune homme indiqua :

– Si vous allez la voir de ma part, je pense qu'elle vous remettra… le reste de notre pêche !

Rendez-vous
à
Bel Ombre

Peu avant midi, le taxi gravit la route qui le menait au château de Valriche. Alors que le conducteur bifurquait, l'inspecteur-chef Sweeney aperçut un bâtiment massif un peu plus haut sur la gauche.

– Nous y sommes ! annonça Steve, avant de freiner.

Puis il ajouta :

– Je vais aller me garer sur le parking, là, juste à droite. Je vous y attendrai.

– Nous sommes à l'heure. Bravo ! le félicita son passager écossais.

– À tout à l'heure ! lança Lucy, puis les deux policiers débarquèrent, ombrelle et club de golf à la main.

Dès que le Crosswind eut redémarré, Archibald découvrit l'arbre majestueux qui lui faisait face.

– Waouh… lâcha-t-il, impressionné. Il est gigantesque ! et le barbu approcha afin de mieux le contempler.

– C'est peut-être le plus vieil intendant de l'île, déclara Miss Fourstripes.

– Comment ? s'étonna son collègue, et il se retourna vers elle.

– L'intendant, c'est le nom de l'arbre... Souvent, cette espèce bordait les allées des plus beaux châteaux de Maurice. Les grands propriétaires cherchaient à impressionner les visiteurs dès leur arrivée sur le domaine. Il fallait que ça envoie du pâté ! s'autorisa l'inspectrice.

Amusé par l'expression, Sweeney sourit à la jeune femme. *Elle est directe, très authentique. Lucy ne s'embarrasse pas de fioritures. Elle ne sait pas faire semblant. C'est dans son caractère*, jugea le barbu.

– Allons plutôt à gauche, lui conseilla-t-elle. La vue principale se trouve de ce côté.

Après avoir remonté une allée en herbe, le duo déboucha sur un espace dégagé, agrémenté par de petits massifs à la française. En pivotant sur la droite, l'Écossais put enfin admirer la sublime façade du château de Valriche.

– Ma-gni-fi-que ! apprécia-t-il en détachant chaque syllabe.

Devant lui s'élevait une demeure de facture coloniale absolument somptueuse. Sur deux étages soutenus par d'épaisses colonnes blanches, se succédaient une multitude de portes-fenêtres qui donnaient accès à une varangue couverte sur l'ensemble du pourtour. Juste devant un perron décoré par de grands vases de couleur blanche s'étalait la dernière de trois fontaines. Sweeney se dit que ce que les Mauriciens appelaient « château », ressemblait furieusement aux vastes maisons coloniales du Sud américain. Les propriétaires terriens qui avaient fait ériger ces demeures aux dimensions autant de leur ego que de leur fortune, cherchaient manifestement à faire étalage de leur puissance. Toutefois, cette expression brute était atténuée par le charme et la beauté indéniables de ces résidences d'exception.

– Il n'en reste plus beaucoup, lui indiqua Lucy. Avec le château de Labourdonnais, celui de Valriche est sûrement l'un des plus impressionnants et des plus prestigieux de l'île. Est-ce que vous en aviez vu un depuis votre arrivée ?

– Non. La dernière fois que j'ai aperçu une façade de ce type, c'était en Géorgie [(1)]. Ou dans le film *Autant en emporte le vent* ! plaisanta-t-il.

– En effet, lui sourit Miss Fourstripes. Nous aussi, nous avons eu notre période esclavagiste. Par chance, ces propriétaires avaient un goût assez sûr en matière d'architecture. On ne peut pas avoir que des défauts ! ironisa-t-elle.

Puis l'enquêtrice proposa à son collègue :

– Retournez-vous. La vue dans votre dos n'est pas mal non plus.

Sans réfléchir, Sweeney fit demi-tour pour découvrir un panorama enchanteur : au-delà d'un rideau de verdure typique de la côte sud, une mer étincelante bordait des plages interminables om-

---

[(1)] Lire *Meurtre au dix-huitième trou.*

bragées par de grands filaos. En contrebas, un golf dix-huit trous aux greens émeraude se trouvait délimité par les contreforts des premières montagnes.

– Ah oui… Superbe ! Quel bonheur de prendre son petit déjeuner face à cette nature merveilleuse.

Miss Fourstripes lui précisa :

– Le château de Bel Ombre est à la fois un restaurant au rez-de-chaussée, mais aussi un hôtel à l'étage. Je crois me souvenir qu'il s'agit de la suite la plus vaste de tout l'océan Indien. Si un jour j'ai un chéri, j'aimerais bien qu'il m'invite à y passer une nuit ! plaisanta-t-elle.

Son homologue parut ne pas avoir entendu sa boutade. Soudain plus renfermé, il détourna le regard vers la droite et dit :

– Est-ce que vous avez remarqué ?... Lorsque nous sommes arrivés, le portail était entrouvert, mais il n'y avait pas le moindre gardien dans la guérite. Comme si le château était désert. Ce n'est pas bon signe… Où peut bien se trouver cette Ornella que nous sommes censés rencontrer ? Manifestement, le bâtiment est fermé.

– Ça ne veut rien dire, le rassura Lucy.

Épaulant son ombrelle, elle ajouta :

– Il existe une autre entrée, là, derrière. Venez ! et la jeune femme coupa à travers les massifs en direction de l'aile gauche.

Alors qu'ils étaient en train de contourner la demeure, Archie ressentit la forte impression que produisait le bâtiment sur ceux qui s'en approchaient. Une fois à l'arrière, l'Écossais découvrit le jardin d'hiver exceptionnel qui courait tout le long de la façade opposée.

– Je vois que les architectes n'ont rien laissé au hasard, jugea-t-il. Même si cette partie est moins visible, elle est elle aussi parfaitement agencée. Cette nouvelle varangue est aussi belle qu'immense.

Emboîtant le pas à sa collègue, l'inspecteur-chef gravit une volée de marches avant de rejoindre une surface carrelée, délicieusement ventée, dont la largeur surprenante lui fit s'exclamer :

– *Great Scott* ! En cas de pluie, deux équipes de football pouvaient y jouer à l'abri. Comme c'est grand !

– Oui. À l'époque, on ne mégotait pas sur les dimensions.

Mais puisqu'elle connaissait déjà les lieux, la Mauricienne parvint à rester concentrée sur son objectif. Distinguant une porte-fenêtre entrebâillée, elle dit à son collègue :

– Ah, vous voyez ? Nous allons pouvoir entrer, et la jeune femme se glissa à l'intérieur, aussitôt suivie par le Britannique.

À peine leurs yeux se furent-ils habitués à la pénombre de la pièce, qu'une voix masculine retentit sur leur droite :

– Hé, vous ! Arrêtez !

Surpris, le duo s'immobilisa.

Immédiatement, comme surgis de nulle part, quatre hommes au physique de catcheurs les encerclèrent. Deux d'entre eux au faciès indien les braquèrent avec une arme de poing. Abasourdis, les enquêteurs se figèrent.

– Patron ! Venez voir ! s'écria le plus grand du quatuor.

Après quelques secondes, Miss Fourstripes finit par se rendre compte qu'ils se trouvaient dans un salon spacieux, meublé par plusieurs canapés ainsi que par des fauteuils, et même par un piano à queue.

L'instant suivant, approchant d'un pas feutré, un homme de grande taille, vêtu d'un costume cravate sombre, fit son apparition dans la pièce. Âgé d'environ cinquante ans, athlétique, la mâchoire tombante et le nez fin, porteur de petites lunettes derrière lesquelles s'agitait un regard inquisiteur, ainsi que les cheveux rabattus sur le côté pour masquer une calvitie naissante, l'inconnu désigné par ses sbires sous le vocable de « patron » appartenait visiblement à la même communauté indienne qu'eux. Presque souriant, mais l'air aussi bienveillant qu'un python fixant sa proie, il continua d'avancer pour mieux identifier les deux intrus.

Lucy et Archie échangèrent un regard qui leur permit de comprendre que ni l'un ni l'autre ne savait à qui il avait affaire. En revanche, l'homme au costume, lui, les connaissait parfaitement :

– Miss Fourstripes, Mister Sweeney. Quelle surprise ! dit-il d'une voix enjouée. J'ignore comment vous êtes arrivés là, pile à ce moment, mais je dois reconnaître, Mademoiselle, que vous êtes vraiment très douée, et que vous, inspecteur-chef, votre réputation de fin limier n'est pas usurpée.

L'individu fit cette déclaration dans un anglais fluide dépourvu de tout accent. Archie songea : *Je pense qu'il est capable de la même performance aussi bien en français qu'en créole. Ne dit-on pas que le diable parle toutes les langues ?*

– Vous… Vous nous connaissez ? sursauta Lucy. Mais qui êtes-vous ?

Avant de répondre, le « patron » ordonna à ses quatre gorilles :

– C'est bon, Messieurs. Vous pouvez abaisser votre arme.

Puis, dès que ces derniers eurent obtempéré, il déclara aux policiers :

– Eh bien, disons que je travaille pour le gouvernement. Ça vous va ? De toute façon, vous n'en saurez pas davantage.

L'inconnu proféra ces mots d'un ton posé, presque amical, mais avec une assurance qui traduisait bien sa détermination.

Puis il enchaîna :

– Parfait. Il faut que nous ayons une petite discussion en privé… Suivez-moi. Nous avons besoin d'un peu d'intimité, et l'individu se retourna.

Constatant l'hésitation des enquêteurs, il leur dit encore :

– Allons, venez. En dépit de l'heure, je ne vais pas vous manger !

Plus rassurés, Archibald et sa collègue acceptèrent de l'accompagner. L'homme repoussa une porte en bois massif, puis le trio pénétra dans une pièce plus réduite qui semblait se situer au cœur du château de Valriche. Sur les murs et sur le sol, d'innombrables bouteilles de vin étaient disposées horizontalement dans d'immenses casiers. À droite, un escalier semblait mener au sous-sol puis, dans son prolongement, une grande porte surmontée d'un vitrail multicolore, en forme d'arc de cercle, débouchait vraisemblablement sur le salon qu'ils venaient de quitter. Au milieu, une table haute aux allures d'îlot central occupait l'essentiel de l'espace.

Aussi impressionné par ce décor inattendu et raffiné que s'il pénétrait dans une chapelle, l'inspecteur écossais déclara :

– Très joli. Vraiment très joli… et il coinça la tête de son club de golf sous le menton pour mieux admirer les grands crus qui l'environnaient.

– Approchez-vous, leur enjoignit l'homme, et il s'accouda sur la table centrale.

Puis, désignant les marches, il précisa :

– Mieux vaut éviter le godon [1]. Il y fait trop sombre. Nous ne nous connaissons pas suffisamment. Vous pourriez vous méprendre sur mes intentions, se moqua-t-il.

Dès que les policiers l'eurent rejoint autour de la table, l'inconnu reprit la parole :

– J'imagine que c'est là qu'elle travaillait, dit-il. Une cave absolument unique… Je suis allé jeter un œil dans le godon tout à l'heure, et j'y ai découvert quelques bouteilles remarquables.

Négligeant son avis de connaisseur, Miss Fourstripes lui fit remarquer :

– Qui ça « elle » ? Et pourquoi utilisez-vous l'imparfait ?... De notre côté, si nous sommes là, c'est parce que nous avons rendez-vous avec Ornella, la sommelière du restaurant. C'est la cousine d'Antonin Laviolette. Je me doute que ces deux noms vous parlent, n'est-ce pas ?

L'homme au costume commença par lui retourner un sourire satisfait. Puis il répondit :

– Vous avez beaucoup de chance d'être encore en vie.

– Pourquoi ça ? s'étonna l'inspectrice.

– Parce que là-haut, à l'étage, nous avons découvert deux cadavres allongés sur le lit de la chambre. Côte à côte, avec chacun une balle dans la tête.

Aussitôt, les enquêteurs ressentirent un même effroi. Leur mystérieux interlocuteur bluffait-il ?

---

[1] Godon : nom que donnaient par erreur les serviteurs à la cave. En réalité, on leur disait « *Go down* ».

Lucy insista :

– Qu'est-ce que vous racontez ?

– Lorsque nous sommes arrivés un peu après dix heures, tout était déjà terminé. C'était affreux… Mais la scène de crime était limpide : nous étions confrontés à une exécution sommaire. Froide. Chirurgicale.

– D'accord, répondit Sweeney. Mais vous venez de préciser « deux cadavres ». De qui s'agit-il ?

Sans hésiter, l'homme lui apprit :

– Ornella, votre rendez-vous. Elle se trouvait en compagnie de son oncle, Monsieur Jules.

– Ayo, mon Dieu ! lâcha Miss Fourstripes, consternée.

– C'est terrible… soupira son collègue, tout aussi désappointé qu'elle.

Pour essayer de réagir, la jeune femme rétorqua sur un ton plus agressif :

– Est-ce que c'est votre œuvre ? C'est vous ?

– Bien sûr que non. Rassurez-vous. Malheureusement, nous sommes arrivés trop tard… Une équipe de la *forensic* [1] est déjà en train de travailler dans la pièce. Le légiste m'a indiqué qu'il estimait l'heure du décès à une heure environ avant notre arrivée. Les autres nous ont précédés.

– Quels « autres » ? releva Sweeney. Expliquez-vous.

– Cela fait plusieurs jours que nous les traquons grâce à la puce d'un téléphone. Mais c'est

---

[1] Police médico-légale

très insuffisant. Cela ne nous permet pas de les devancer. La preuve : quand nous sommes entrés dans le château, il n'y avait déjà plus personne. Nous les avons encore ratés.

D'instinct, les deux enquêteurs sentirent que l'inconnu leur disait la vérité. Celui-ci reprit :

– En plus de ce double assassinat, il y a plus embêtant encore : les « autres » ont sans doute emporté ce que nous cherchons. À moins que vous ne l'ayez déjà ?

Archie et Lucy se dévisagèrent. Chacun semblait avoir deviné ce à quoi l'homme faisait allusion. Probablement s'agissait-il de l'objet que la cousine d'Antonin avait prévu de leur remettre à Bel Ombre. Alors Sweeney préféra répondre par une nouvelle question :

– Vous d'abord : Jean-François et James Casimir, est-ce que c'est vous qui les avez supprimés ?

– Et notre accident sur la route de Chamarel, est-ce que c'était vous aussi ? renchérit sa collègue.

Toujours aussi calme, le « patron » leur retourna un sourire énigmatique. Apparemment, ce dernier était séduit par la combativité de sa compatriote.

Enfin, il se décida à la renseigner :

– Qu'est-ce que vous allez imaginer ?... Ces deux autres meurtres sont l'œuvre de la même équipe. Nous en avons la preuve. Nous savons exactement quand ces gens sont arrivés dans le pays. La géolocalisation ne ment pas… En revanche, pour l'accident que vous évoquez, *sorry*, mais je l'ignorais totalement. On ne peut pas tout savoir. Même moi… S'ils vous ont attaqués et que vous vous en êtes sortis, vous êtes décidément très chanceux. Car ce sont des professionnels. En règle générale, ils ne ratent jamais leur cible. Jamais, répéta-t-il. Mais peut-être qu'ils ont cru vous avoir éliminés. Je ne sais pas.

Miss Fourstripes riposta :

– De la chance ? Vous croyez ça ?

– Oh oui ! insista son interlocuteur. Par malheur, si vous étiez arrivés un peu plus tôt ce matin, je vous garantis qu'à l'heure qu'il est, vous seriez vous aussi allongés quelque part là-haut, avec un projectile dans le crâne. On ne manque pas de place à l'étage : c'est la plus grande suite de tout l'océan Indien.

– Ha, vous voyez ? Qu'est-ce que je vous avais dit ? s'exclama Lucy, et elle se retourna vers son homologue la mine triomphante.

Désarçonné par sa réaction, l'inconnu s'étonna pour la première fois :

– Hein, quoi ?

Mais l'Écossais préféra revenir à leur sujet de préoccupation. S'adressant à l'homme, il lui demanda :

– Je répète ma question. Quand vous dites « les autres », de qui s'agit-il selon vous ? Et que veulent-ils vraiment ?

L'inconnu pivota vers Miss Fourstripes. Il lui demanda :

– Inspectrice, je serais étonné que vous n'en sachiez rien… Est-ce que votre supérieur, le commissaire Madhoo, ne vous a rien dit ? Sérieusement ?

– Mais non ! se défendit la jeune femme. Mon boss s'est contenté de m'ordonner de classer le dossier Laviolette, puis de tout oublier. C'est vraiment tout, je peux vous l'assurer !

– Alors sa parole est d'or. Il a parfaitement raison… En effet, c'est précisément ce que vous allez devoir faire : tout oublier.

– Comment ? s'offusqua Sweeney.

– Écoutez-moi : pour votre sécurité à tous les deux, et si vous tenez à la vie, vous devez abandonner la partie. Tout cela ne vous regarde plus.

Au ton de l'homme, les enquêteurs réalisèrent que la menace était sérieuse. S'ils insistaient, ce dernier et ses services se montreraient sûrement beaucoup moins généreux à l'avenir.

D'ailleurs, leur interlocuteur persista :

– Me suis-je bien fait comprendre ?

Dans son regard, Lucy et Archie identifièrent la froideur du serpent. Nul doute qu'en dépit de son attitude courtoise, cet individu n'était pas disposé à leur accorder la moindre nouvelle chance.

– Est-ce que nous sommes d'accord ? conclut-il de façon autoritaire.

L'inspecteur-chef Sweeney fut le premier à concéder :

– OK, c'est très clair.

– Et vous, Miss ?

– Hem, oui… C'est d'accord aussi. De toute façon, je crois que nous n'avons pas le choix.

– Bravo. Je constate que vous êtes très intelligents tous les deux.

Soudain, comme si l'entretien n'avait que trop duré, l'homme leur fit un signe de la main en disant :

– Bien, allons-y maintenant. Après vous ?

Les enquêteurs acceptèrent de lui tourner le dos, puis ils sortirent par la porte surmontée d'un vitrail. Comme Sweeney l'avait deviné, celle-ci débouchait dans le vaste salon du château. En apercevant le trio, les quatre gorilles du « patron » s'avancèrent aussitôt vers eux.

Que va-t-il nous arriver ? s'inquiéta Lucy.

Dans cette ambiance plutôt tendue, l'inconnu les précéda pour ouvrir la voie. Alors qu'il les dépassait, il leur précisa :

– Suivez-moi. Tout se passera bien.

En effet, la bande de gros bras s'immobilisa derrière eux. Dès que le trio parvint sur la varangue à l'arrière de la demeure, Archibald fut heureux de pouvoir respirer l'air frais qui soufflait au-dehors. Peinant à réprimer un frisson, l'Écossais songea que ce domaine magnifique était pourtant devenu une tombe pour le sympathique Monsieur Jules, ainsi que pour sa nièce Ornella. Peu après, le barbu réalisa également qu'avec sa jeune collègue, ils avaient été à deux doigts de connaître le même sort que ces malheureux. Enfin, il était certain que l'individu qui les guidait vers le parking n'exagérait pas. En cas de besoin, malgré ses airs affables, celui-ci risquait de se transformer en un ennemi aussi redoutable que ces « autres » qui avaient tenté de les supprimer.

Après avoir dépassé l'intendant dressé à l'angle sud, l'inconnu poursuivit en direction des parkings situés en contrebas. Dans un silence pesant, seulement troublé par les rafales de vent qui descendaient des montagnes, le trio traversa un dernier chemin goudronné.

Dès qu'ils rejoignirent les différents véhicules stationnés, Lucy et Archie aperçurent le Crosswind de Steve auquel une Mercedes blanche barrait le passage. Debout près de son Isuzu, le chauffeur pâlit lorsque deux colosses, l'arme au poing, s'extirpèrent de la puissante voiture garée devant la sienne. Visiblement terrifié, Steve adressa un regard implorant aux policiers en approche.

En arrivant près de ses deux molosses, le « patron » leur ordonna :

– Merci, Messieurs. La situation est sous contrôle. Vous pouvez ranger ça.

Aussitôt, ces derniers obéirent et ils glissèrent leur pistolet dans un holster dissimulé sous leur veste.

Plus détendu, Sweeney parvint à se dire : *Ils ressemblent aux* Men in Black [(1)] ! Par réflexe, l'Écossais mémorisa le numéro de leur plaque d'immatriculation.

L'inconnu conduisit les policiers jusqu'au Crosswind de Steve. Puis il stoppa pour leur annoncer :

– Vous allez pouvoir repartir. Cependant, gardez en mémoire que c'est déjà la seconde fois que la chance vous sourit aujourd'hui. N'en abusez pas. Sachez l'apprécier à sa juste valeur… Bien, je vous souhaite bonne route ! et, devançant le chauffeur, il alla ouvrir la porte arrière du taxi.

– *Sorry* de faire votre travail, lança-t-il au créole, qui partit s'installer derrière son volant.

Puis le « patron » enjoignit au duo :

– Asseyez-vous.

Miss Fourstripes et Sweeney obtempérèrent sans broncher.

– Démarrez ! ordonna-t-il au conducteur.

Alors que le bruit du moteur se faisait entendre, les inspecteurs sentirent leur stress augmenter : l'inconnu avait-il réellement l'intention de les laisser partir ?

Tout en retenant la portière, l'individu se pencha vers les policiers. Il leur déclara :

– Une dernière fois, oubliez tout ça… Miss, je vous promets de ne pas dire au commissaire Madhoo que vous lui avez désobéi. Je n'ai qu'une

---

[(1)] Allusion au célèbre film avec Will Smith et Tommy Lee Jones parole… S'il l'apprenait, votre chef serait furieux. Cela vous coûterait certainement votre place à la CID. Or, ce serait dommage. La police de Maurice a besoin d'une enquêtrice de votre trempe… Quant à vous, Mister Sweeney, contentez-vous de profiter de vos vacances dans notre beau pays. Vous disposez encore de quelques jours pour ça. Et surtout, veillez à ne pas rater votre avion samedi. Cela pourrait nous mettre en colère, le menaça-t-il. N'oubliez pas que même au paradis, les ombres sont tapies dans la lumière. Elles vous guettent… Prenez soin de vous ! puis l'homme claqua la porte.

Après avoir fait dégager la Mercedes, l'individu fit enfin signe à Steve de démarrer. Recroquevillé derrière son volant, celui-ci ne se fit pas prier et il prit la direction de la sortie du parking. Tétanisés, les trois occupants retinrent leur souffle car, à chaque instant, ils s'attendaient à ce qu'on les empêche de détaler. Finalement, après un laps de temps qui leur parut une éternité, le taxi franchit la grille du château avant de se retrouver sur le rond-point de Bel Ombre.

Au moment où Steve s'arrêtait pour laisser passer un bus suivi d'une ribambelle de voitures, Archibald demanda à sa collègue :

– À votre avis, qui est-ce ?

Plutôt que de lui répondre, Lucy le regarda droit dans les yeux. Elle lui demanda à son tour :

– Est-ce que vous l'avez ?

Le barbu comprit aussitôt son allusion, avant de rétorquer :

– Oui, comme vous. Moi aussi j'ai la mémoire des chiffres, et il lui renvoya un sourire complice.

Mais Steve leur lança :

– Alors ? Où va-t-on ? À gauche ou à droite ?

Sweeney répondit :

– Eh bien, à gauche. Mon hôtel se trouve à…

Miss Fourstripes le coupa :

– Non, Steve. À droite !

– Quoi ? réagit l'Écossais. Qu'est-ce que vous faites ?

Spontanément, Lucy répliqua :

– Nous allons chez moi, à Vacoas. Je crois que j'ai une idée !

Course-poursuite

– Pas trop près ! réclama Sweeney, alors que le Toyota Rush abordait la descente. Ils vont finir par nous repérer.

Concentrée, Lucy freina afin de laisser la Mercedes blanche prendre un peu d'avance.

Satisfait, son collègue lui dit :

– Parfait, c'est mieux.

Sur sa gauche, l'Écossais distingua soudain, émergeant entre chien et loup, le sommet d'une montagne à la forme surprenante. Perchée au-dessus de sa pointe, retenue par un fil si ténu qu'elle paraissait suspendue dans le vide, une énorme boule de pierre surmontait le pic comme s'il s'agissait d'un point sur un i.

Sidéré par cette vision surréaliste, l'inspecteur-chef demanda :

– Qu'est-ce que c'est que ça ?

Jetant un œil dans cette direction, Miss Fourstripes lui répondit :

– Ah ça ? C'est le Pieter Both… C'est une curiosité géologique extraordinaire. On a l'impression qu'une pichenette suffirait pour que le rocher dévale du sommet.

– Oui, c'est fascinant.

– Sur notre île, on dit que le jour où le Pieter Both s'effondrera, ce sera la fin de Maurice ! lui indiqua la conductrice, l'air amusé.

Étonné, son passager rétorqua :

– Dites, il a pourtant l'air bien fragile votre Pieter Both. Au premier cyclone… insinua-t-il.

– Vous faites erreur. Le rocher est en place depuis des millénaires. Pour le décapiter, il faudrait bien plus qu'un simple coup de vent, affirma-t-elle, et la jeune femme arbora un sourire dans lequel on pouvait lire toute sa confiance dans l'avenir du pays.

Puis elle ajouta :

– Moi qui suis une néo-Mauricienne, j'ai vite remarqué à quel point mes compatriotes, en tout cas ceux qui n'ont pas suffisamment voyagé, se sous-estiment. Ils n'arrêtent pas de râler après les soi-disant défauts de notre système. Pourtant, je crois qu'ils ne se rendent pas suffisamment compte de leur véritable potentiel. Moi qui observe tout d'un œil neuf, et qui peux comparer avec le Royaume-Uni, je ne cesse de leur répéter qu'ils ont une chance incroyable de vivre à Maurice.

En l'écoutant, Archibald contempla une dernière fois la roche à l'équilibre précaire. Il eut alors le sentiment que le Pieter Both, plus que tout autre sommet, symbolisait l'attachement presque charnel, si particulier, des Mauriciens à leurs montagnes. D'ailleurs, l'auteur Malcolm de Chazal n'avait-il pas théorisé cette relation étrange dans son célèbre ouvrage « Petrusmok » [1] ?

Soudain, Sweeney se mit à bâiller. Conscient qu'il n'avait pas assez dormi, et puisque Lucy maîtrisait l'art de la filature, le barbu ferma les yeux pour s'autoriser une micro-sieste…

…Quelques instants plus tard, l'enquêteur eut la sensation de revivre son arrivée à Vacoas, la veille, au domicile de sa collègue.

À peine cette dernière eut-elle déposé son ombrelle, qu'elle téléphona à son coéquipier de la CID Jasheel Roopun. Aussitôt, elle lui communiqua le numéro de la plaque d'immatriculation qu'elle et Archie venaient de mémoriser sur le parking de Valriche. Depuis son bureau du *Police Headquarters*, le jeune inspecteur la rappela très vite pour lui préciser le nom, ainsi que l'adresse, du propriétaire. Par un heureux hasard, ce Vikash Bahamdonee résidait lui aussi à Vacoas. Presque instantanément, Miss Fourstripes prit sa décision : au cours de la nuit, elle irait planquer devant l'adresse indiquée jusqu'à ce que le véhicule bouge et qu'il la conduise là où il serait possible d'identifier les hommes découverts le jour même à l'intérieur du château. Et tant pis si cette infor-

---

[1] Paru en 1951, « Petrusmok » est un roman de déambulation dans une île Maurice composée de montagnes. L'auteur, à la fois peintre et écrivain, y fait une « recherche morale de l'âme par les monts ».

mation pouvait lui valoir des ennuis, car elle brûlait de découvrir qui était ce personnage mystérieux que ses gorilles nommaient le « patron ». Son homologue écossais, aussi enthousiaste qu'elle, avait alors insisté pour l'accompagner !

En attendant de se lancer dans une nouvelle aventure aussi alléchante que périlleuse, Sweeney avait fait la connaissance des deux autres occupants de la maison en bois bleu, le jardinier Naushad Abdool et la cuisinière Marietta Cheng Ling. Cette dernière leur avait préparé à dîner, ainsi que des crêpes, avant de rentrer chez elle en compagnie de son comparse musulman. Un peu plus tard, alors qu'il somnolait sur le canapé du salon, Archibald avait découvert la présence d'un ultime locataire… le chat Fred Astaire ! Ou plutôt celle de sa queue, qui n'avait pas cessé de perturber son sommeil en lui chatouillant la barbe.

Vers deux heures du matin, Lucy, aussi fraîche que si elle avait dormi une dizaine d'heures, vint réveiller son collègue. Après lui avoir servi un Espresso revigorant, elle l'invita à embarquer dans son Toyota Rush de location.

L'adresse de l'homme à la Mercedes blanche se trouvait à moins de deux minutes. Les policiers eurent tôt fait de repérer le véhicule, stationné au fond d'une ruelle étroite et sans issue. Dès que l'inspectrice eut dissimulé sa propre voiture derrière un muret qui lui permettait de conserver l'œil sur son objectif, elle éteignit les phares, puis elle et Archie se relayèrent afin de guetter la sortie de la rue.

Le duo n'eut pas à patienter bien longtemps. Peu avant cinq heures, la Mercedes se présenta sur l'avenue. Lorsqu'elle passa devant eux, Lucy reconnut à son volant l'un des hommes du commando de Bel Ombre. Rapidement, la jeune femme démarra tous feux éteints, puis elle se mit à suivre sa cible.

Très vite, l'individu rejoignit l'autoroute qui menait à Port Louis. La Mercedes pénétra dans le cœur de la capitale et elle se dirigea vers le parlement. Devant le bâtiment, le véhicule stoppa pour embarquer deux autres gaillards, eux aussi présents la veille dans le salon du château.

– On tient le bon bout ! se réjouit l'enquêtrice.

Puis la voiture regagna la voie express, avant de repartir en sens inverse. Après quelques kilomètres, la Mercedes quitta de nouveau l'autoroute à hauteur d'un rond-point, filant dans des rues désertes pour descendre sur le versant opposé d'une colline. Non loin de la clinique Darné, le véhicule s'arrêta brusquement afin de faire monter un quatrième homme. Enfin, traversant une ville de Curepipe toujours endormie, la Mercedes bifurqua vers l'autoroute pour, cette fois, partir en direction du nord et de Grand Baie.

Depuis ce dernier changement de direction, Archie et Lucy continuaient de rouler bon train, sans toujours savoir où ils allaient…

...Tout à coup, l'inspecteur-chef Sweeney ouvrit les yeux.

Dans un réflexe, il demanda :

– Est-ce que vos phares sont coupés ?

Mais aussitôt, il se rendit compte de l'incongruité de sa question. En effet, le jour s'était levé, et les premiers rayons du soleil réchauffaient déjà le pare-brise de la Toyota. Vexé, l'Écossais réalisa qu'il s'était assoupi plus longtemps qu'il ne le souhaitait.

– Où sommes-nous ? voulut-il savoir.

Devant lui, l'autoroute avait disparu, et Miss Fourstripes slalomait autour d'un rond-point étriqué.

– Ils ont finalement tourné avant Grand Baie, lui apprit-elle. Nous venons de virer plein nord. À présent, nous roulons en direction de Cap Malheureux, la pointe de l'île.

Une route plus rectiligne, mais assez chaotique, apparut devant eux. Cent mètres plus loin, la Mercedes blanche continuait d'ouvrir la voie. Puis, après une série de virages sinueux, Archibald recommanda à sa conductrice :

– Rapprochez-vous ! Il ne faut pas les perdre.

– Plus loin, plus près. Il faudrait savoir ce que vous voulez ! se moqua l'inspectrice, sûre de sa filature.

Soudain, son collègue aperçut une vision de carte postale : face à lui se dressait une petite église de style créole au toit rouge, placée entre un jardin où s'élevaient un campanile et sa cloche, ainsi qu'un lagon d'un bleu parfait. Au loin, une île saillante en forme de falaise finissait de dessiner ce tableau idéal. Hélas, l'enquêteur n'eut pas l'occasion de jouir plus longtemps de ce panorama exceptionnel. Son regard fut aussitôt attiré par des feux de voiture qui venaient de s'allumer cent cinquante mètres devant lui. Imitant la Mercedes, Lucy stoppa juste devant l'église. L'instant suivant, trois des occupants du véhicule jaillirent pour se mettre à courir dans leur direction.

– Est-ce qu'ils nous ont vus ? s'inquiéta le passager.

– Je ne crois pas, riposta sa conductrice. Regardez ça ! dit-elle en tournant la tête vers la gauche.

Sweeney l'imita pour découvrir l'embarcadère qui s'élançait dans le prolongement de la chapelle. En un dixième de seconde, le barbu distingua : au bout de la jetée, un hors-bord qui semblait prêt à démarrer ; puis deux individus qui se tenaient en arrière du poste de pilotage, tandis qu'à l'avant trônait… un fauteuil d'avion ; enfin sur le ponton, trois hommes en costume qui en poussaient un quatrième, les mains attachées dans le dos : Antonin Laviolette !

Dans la rue, le trio surgi de la Mercedes approchait à grandes enjambées. Coupant son moteur, Miss Fourstripes s'écria :

– Venez ! On y sera avant eux. Allez !

L'instant suivant, armés d'une simple ombrelle et d'un club de golf, les deux enquêteurs se précipitèrent vers l'embarcadère avec près d'une centaine de mètres d'avance sur le groupe d'agents qui déboulaient depuis la droite.

Allongeant la foulée, Archibald parvint cette fois à tenir la dragée haute à Lucy. Oubliant d'admirer la chapelle Notre-Dame Auxiliatrice, l'océan Indien et le rocher du Coin de Mire, c'est côte-à-côte que le duo se rua sur la jetée en béton. Trois hommes de type européen y retenaient Tonio Laviolette, tandis que deux Indiens les attendaient sur le bateau à moteur.

Parvenue à quelques mètres du groupe, la jeune femme ralentit pour leur crier :

– Arrêtez ! Lâchez-le !

Stupéfaits, les malfaiteurs se retournèrent d'un coup. Profitant de l'effet de surprise, Antonin se faufila comme un chat et, sprintant tête baissée, il réussit à leur échapper. En dépit de ses bras entravés, il rejoignit les policiers en quelques bonds, puis il se cacha derrière eux. Dans son dos, deux de ses kidnappeurs arrivaient déjà, pistolet au poing. Sans hésiter, Archie et Lucy s'interposèrent pour faire rempart de leur corps. Alors que les poursuivants étaient sur le point de faire feu, Sweeney réagit le premier. Il hurla :

– Stop ! Ça suffit ! Vous avez ce que vous voulez. Laissez-le partir.

– Oui, fichez-lui la paix ! clama sa collègue.

Comme une tigresse enragée, elle ajouta :

– Pas plus loin ! Je vous préviens ! Ou sinon… et elle brandit la pointe de son ombrelle multicolore.

Dans les yeux ébahis de leurs adversaires, on devina qu'ils avaient parfaitement compris ces avertissements proférés en anglais. Manifestement, les malfaiteurs hésitaient déjà, puisque le canon de leur arme avait fini par s'abaisser.

Sentant le second groupe arriver dans son dos, Miss Fourstripes se retourna puis, un air de défi sur le visage, elle dit encore à ses ennemis :

– Regardez ! Ils ont des armes, eux. Si j'étais vous…

Désignant leur bateau du bout de son sand wedge, l'Écossais insista :

– Allez-vous-en ! Fichez le camp ! Ouste !

Conscients de la menace, les deux hommes firent volte-face. Rejoignant leur complice, ils sautèrent avec lui à l'arrière du hors-bord qui, instantanément, s'élança vers le large.

La seconde suivante, les deux policiers furent bousculés comme des quilles par les robustes agents mauriciens qui surgissaient dans leur dos. Sans s'occuper d'eux, ce nouveau trio, bientôt rejoint par le conducteur de la Mercedes, se précipita à son tour à l'extrémité de la jetée. Sans réfléchir, ils pointèrent leur arme vers les fuyards et ils se mirent à tirer, mais en s'efforçant plus d'étendre leur bras que de viser correctement.

– Ça ne sert à rien. Ils feraient mieux de s'appliquer, jugea Archibald, consterné. C'est fichu…

proclama-t-il enfin, tandis que le puissant speed boat s'éloignait déjà.

Lucy détourna son attention. Elle lui lança :

– Hé ! Il est temps de nous éclipser, vous ne croyez pas ? Tant qu'ils sont occupés de ce côté-là, ils ne nous verront pas filer.

Puis, s'adressant au pêcheur, elle ajouta :

– Tonio, la voiture est là-bas. Venez ! et elle l'incita à se mettre en marche.

Alors que le trio commençait à progresser, la jeune femme tira un petit couteau suisse de sa poche. Après avoir déployé la lame, elle saisit les poignets du frère Laviolette puis, tout en avançant, elle se mit à sectionner les liens.

– Merci ! s'exclama le jeune rasta dès qu'il fut libre, et il frotta ses poignets endoloris.

Au moment où les policiers et leur protégé atteignaient l'angle de la chapelle, tous les trois se figèrent. Surgissant depuis l'entrée comme s'il sortait de la messe, le « patron » se présenta face à eux. Le groupe retint son souffle. Aussi calme que la veille, l'inconnu continua d'approcher tranquillement, s'offrant même le luxe d'allumer une cigarette. Dès qu'il fut à leur hauteur, l'homme glissa une main dans sa poche, relâcha une première bouffée puis, d'un ton étonnamment serein, il leur dit :

– Bravo la police. Sincèrement, vous m'épatez de plus en plus… Encore une fois, je ne sais pas comment vous avez réussi cet exploit d'arriver avant ma propre équipe. Est-ce que vous écoutez nos fréquences, inspectrice ? Pourtant, je ne pense pas que la CID dispose d'un équipement aussi sophistiqué.

Après avoir tiré une nouvelle bouffée, le « patron » reprit :

– Vraiment, tous les deux, vous êtes très doués… Nous, nous sommes encore arrivés trop tard. C'est agaçant… Mais chapeau, dit-il en fixant Antonin : vous avez sauvé celui-là. Belle performance… Miss Fourstripes, ça me donnerait presque envie de vous recruter.

Après avoir jeté les liens du pêcheur qu'elle avait toujours en main, la belle Mauricienne répliqua :

– Non merci, sans façon. D'une part, je ne sais pas qui vous êtes. D'autre part, vous, vous ne me faites pas envie. Et puis j'ai mieux à faire à la CID.

Épaté par un courage et une répartie qu'il n'avait pas à son âge, Archie craignit toutefois qu'avec sa bravade, Lucy ne vienne de signer leur arrêt de mort ! Mais il était trop tard pour corriger. Le visage du « patron » se ferma d'un coup. La mine sombre, il leur lança tout en désignant Antonin :

– Donnez-le-moi ! puis il écrasa sa cigarette à peine entamée.

Du tac au tac, la jeune femme lui répondit en créole :

– Allez vous brosser ! Poussez-vous de mon chemin !

Même s'il ne parlait pas cette langue, son collègue eut pourtant l'impression d'avoir saisi le sens du message. Mais à présent, l'Écossais s'attendait au pire…

À ce moment précis, un hélicoptère surgit en rase-mottes face à eux. Sautant par-dessus un dernier rideau d'arbres, l'aéronef de l'armée les survola avant de s'élancer au-dessus de la mer, à la poursuite du hors-bord en fuite.

Surpris, l'homme au costume détourna la tête, puis il dépassa le trio comme s'il voulait suivre la course de l'hélicoptère. Observant la scène, il finit par se retourner et, l'air soucieux, il leur déclara :

– Un petit sous-marin doit les attendre au large. C'est une éventualité que nous redoutions. Notre appareil va tenter de les repérer puis de les suivre. Depuis le ciel, il devrait parvenir à guider le navire des *Coast Guards*. J'espère que celui-ci ne va plus tarder… lâcha-t-il, visiblement préoccupé.

Après avoir réfléchi, le « patron » s'adressa de nouveau aux deux inspecteurs :

– Allez… Vous avez gagné, ce sera votre récompense. Je vous abandonne Monsieur Laviolette… De toute façon, son témoignage ne nous sera plus très utile dorénavant, reconnut-il.

Le trio lui répondit par un silence. L'homme au costume enchaîna :

– Vous tous, vous ne direz rien. J'exige le plus grand secret de chacun d'entre vous… Écoutez-moi bien : votre sécurité et votre vie en dépendent. Si ce que vous savez venait à s'ébruiter, alors plus rien ni personne ne vous protégerait… Non, croyez-moi, oubliez tout. Ne parlez jamais à quiconque de ce que vous avez découvert. Jamais ! Même pas à vos proches… Il ne s'est jamais rien passé. D'accord ?

Circonspects, ses trois interlocuteurs demeurèrent muets.

– Je ne vous connais pas, dit-il encore. Et vous ne me connaissez pas non plus. Vous ne m'avez jamais vu. D'ailleurs, si vous deviez me revoir un jour, ce ne serait pas bon signe… Ces événements ne se sont jamais produits. Il n'existe aucun fauteuil d'avion provenant du vol MH 370. Nous démentirons cette histoire. Elle restera à tout jamais un fruit de votre imagination. OK ?... Pour votre frère, votre ami, ainsi que pour vos proches, il s'agira d'accidents ou de suicides. Ça n'ira pas plus loin. Les enquêtes seront classées sans suite. N'espérez rien d'autre. Raison d'État : jamais les autorités du pays ne reconnaîtront une autre version que celle-là. Si vous deviez insister, vous n'imaginez même pas la puissance des forces obscures qui se dresseraient alors face à vous.

Enfin, d'un ton glaçant, l'inconnu leur asséna :

– Tout est terminé. Est-ce que nous sommes bien d'accord ?

Tandis qu'il les fixait intensément de son regard de serpent, Sweeney songea que cet homme leur proposait un pacte avec le diable. Mais y avait-il un autre choix ?

Après avoir incliné la tête, Lucy fut la première à répondre :

– C'est bon pour moi. Vous avez ma parole. Je crois saisir où sont les intérêts de mon pays.

– Et vous deux ? relança-t-il les messieurs.

– Pas de souci. Nous nous rangeons derrière l'avis de Miss Fourstripes, déclara Archibald.

Antonin Laviolette l'approuva d'un simple clin d'œil.

Apparemment satisfait, le « patron » conclut :

– Très bien… Partez, maintenant. Je crois que vous connaissez le chemin, n'est-ce pas ? Vous pouvez me remercier tous les trois.

Pourtant, c'est sans un mot que le trio tourna les talons. Trop heureux de s'en sortir à si bon compte, les policiers et le pêcheur du Morne s'empressèrent de rejoindre la voiture, puis d'embarquer.

Après avoir démarré, Lucy fit rapidement demi-tour pour repartir en direction de Grand Baie. À bord du Toyota Rush, personne n'osa rompre le silence avant d'avoir rejoint l'autoroute. Enfin, tandis que les kilomètres défilaient, Sweeney eut la sensation qu'avant même d'atteindre Ébène et les villes du centre, Miss Fourstripes, à force de contempler son rétroviseur, avait dû finir par l'user !

Dos-à-dos

Samedi matin

Sweeney savourait son café face à l'océan Indien. Chaque instant qui passait, chaque goutte qu'il avalait, devenaient toujours plus importants. Car il en avait conscience, il était en train de vivre ses dernières heures à Maurice.

Alors qu'il reposait enfin sa tasse, l'inspecteur-chef se rendit compte qu'il lui était impossible de chasser les angoisses qui se bousculaient dans son esprit. Y mettre bon ordre lui semblait au-dessus de ses forces. Son retour en Écosse s'annonçait compliqué… Après avoir consulté sa montre, il réalisa que son taxi n'allait plus tarder. Il fallait se dépêcher, et c'était sans doute mieux ainsi. Dans l'empressement de l'action, il parviendrait à repousser, au moins temporairement, toutes ces appréhensions qui le mettaient au supplice.

Soudain, Lucy et son ombrelle surgirent devant la table. La demoiselle, en jeans et blouson bordeaux, avait dû traverser l'hôtel au pas de charge pour arriver aussi vite sur la terrasse du restaurant.

Son collègue venait à peine de lever le menton qu'elle lui lança :

– Ayo, quelle tête ! Vous avez fait la fête toute la nuit ?

Puis, sans crier gare, la jeune femme s'assit en face de lui.

Amusé, Archibald lui répondit sur un ton ironique :

– C'est mon taxi que j'attends. Pas vous.

Miss Fourstripes ne s'émut pas de cette agressivité apparente. Elle répliqua :

– Qu'à cela ne tienne. Je serai votre taxi… À quelle heure devez-vous quitter le Shanti ?

– Dans trente minutes environ… Je venais de finir mon petit déjeuner, j'avais réglé ma note, et je n'avais plus qu'à boucler ma valise.

– Très bien. C'est moi qui vous emmène à l'aéroport.

Enfin, détournant la tête, Lucy s'adressa à un serveur :

– Monsieur ?... Un thé, s'il vous plaît.

Tandis que le garçon s'éloignait, Sweeney sourit de l'audace avec laquelle sa collègue s'était imposée. Il eut le sentiment que l'affaire exceptionnelle qu'elle venait de vivre l'avait confortée dans ses aptitudes. Oui, cette enquête mouvementée avait agi sur elle comme un révélateur. En l'espace d'une semaine, la jeune femme avait mûri.

Lorgnant d'un air goguenard sur la tenue vestimentaire du rouquin – chemise bleue à fleurs, bermuda et chaussettes dégringolant sur ses chaussures – l'inspectrice se dit que son homologue était décidément l'archétype du touriste britannique. Elle finit par lui demander :

– Alors, votre séjour ?

Esquissant un nouveau sourire, Sweeney rétorqua :

– Je dirais qu'il a eu le même goût que la cuisine mauricienne : épicé !

Puis l'Écossais décida de lui retourner une question :

– Et Antonin ?

– Il est à l'abri chez des amis. J'ai commencé par prendre sa déposition, chez moi à Vacoas, avant de lui offrir une cache plus confortable et plus sûre que celle de l'île au phare. Personne ne sait où il se trouve en ce moment. Sauf peut-être Naushad et Marietta.

– Ainsi que Fred Astaire ! plaisanta son collègue.

Miss Fourstripes lui adressa un sourire entendu.

L'instant suivant, le serveur déposa devant elle thé, tasse, couverts et serviette.

– Merci, lui dit la policière, avant de commencer à triturer son sachet.

Pendant qu'elle s'affairait, Archibald contempla la jeune Mauricienne. Il estima que son visage ultra métissé respirait définitivement le mystère.

Il était évident que sa quête d'identité serait semée d'embûches. Africains ? Hindous ? Européens ? Ses véritables parents pouvaient provenir de n'importe laquelle de ces communautés. L'enquêteur songea que, peut-être, elle ne l'apprendrait jamais… Attendri, il envisagea brièvement de lui faire part de ses propres tourments. Mais Archie se ravisa aussitôt. En effet, il lui paraissait inutile de s'épancher sur les raisons de sa solitude durant ses vacances. Il ne servait à rien non plus de lui révéler pourquoi il avait choisi cette destination. Tout cela était beaucoup trop intime. La plaie trop à vif. La promesse faite à sa femme ne regardait personne d'autre que lui.

Brusquement, Miss Fourstripes aperçut les yeux de l'Écossais posés sur elle. Après avoir bu une gorgée de thé, elle lui demanda :

– Quoi ? Qu'est-ce qu'il y a ?

– Je réfléchissais… Je ne suis pas encore parti que je me sens déjà nostalgique. Peut-être que j'aurai du mal à quitter Maurice... Pour moi, ce ne sera pas facile de retrouver Édimbourg.

Mais, songeant que la jeune femme allait vouloir lui demander qui l'y attendait, Archie se ressaisit. D'un coup, il se redressa pour déclarer :

– Allez, pensons à autre chose… C'est vrai, avec vous, je me dis que l'île est entre de bonnes mains. Je pars le cœur léger… Est-ce que vous me donnerez de vos nouvelles ?

– Des cartes postales ? Ce n'est pas mon genre ! se moqua-t-elle pour le dérider.

Après lui avoir renvoyé un nouveau sourire complice, l'inspecteur-chef se pencha pour ramasser son club de golf, puis il se leva.

– Bien. Je dois aller préparer ma valise. À tout à l'heure, lui lança-t-il avant de tourner les talons, et il se dirigea vers la rangée d'appartements situés le long de la plage.

Mais alors qu'il atteignait la pelouse, le barbu fit demi-tour. Dès qu'il fut de retour devant Miss Fourstripes, il lui dit :

– Un jour, si j'apprends que les Américains vous ont rendu Diego Garcia, nous saurons tous les deux qui a fini par mettre la main sur ce fichu fauteuil. Avec cet objet, votre gouvernement détiendrait un levier décisif… Qui sait ? Peut-être que le « patron » a finalement gagné la partie du côté de Cap Malheureux ?

Séduite par cette hypothèse, Lucy répliqua :

– Oui, je l'espère… En tout cas, moi, ce que j'ai gagné, c'est un ami écossais. Quoi qu'il arrive, je n'aurai pas tout perdu.

– Vous aurez aussi gagné une voiture neuve ! plaisanta Sweeney, et il désigna sa pommette tailladée.

Tout sourire, l'inspectrice de la CID lui lança :

– Dépêchez-vous ! Vous allez finir par rater votre avion.

Puis, d'un trait, Lucy vida sa tasse. Alors qu'elle se levait à son tour, ombrelle à la main, la jeune femme secoua la tête pour déployer dans le vent sa magnifique chevelure blonde.

Soudain, elle ajouta :

– Ayo, vous êtes sourd ? Je vous ai dit de vous dépêcher. Quand je vois ce qui s'est passé depuis que vous êtes à Maurice, il est hors de question que vous restiez une semaine de plus. Vous risqueriez de faire tomber le Pieter Both !

Pour conclure, l'enquêtrice annonça :

– Je vais régler mon thé. Je vous attends sur le parking.

Aussitôt, glissant son parapluie sous le bras, Miss Fourstripes se dirigea vers la réception du Shanti. L'inspecteur-chef Sweeney l'imita pour regagner sa chambre. Dos-à-dos, les deux protagonistes continuèrent de s'éloigner durant quelques instants.

Si un observateur avait assisté à la scène, nul doute qu'il aurait eu la sensation qu'à ce moment précis, chacun d'eux marchait sereinement vers son destin…

Relu et amendé par Sonia Nielsen, Evelyne Vanhoeke
et Charlène Jan

Composition réalisée par PHOTEXT (Vannes - France)

Imprimé par IPC (Maurice)

Indicatif éditeur : 979-10-90915
Dépôt légal : Novembre 2021